나는 흰머리가 좋다

나는 흰머리가 좋다

최동순 지음

흰머리는 나에게 많은 선물을 가져다주었다.

생각나눔

나는 흰머리가 좋다

거울을 본다. 검은 머리보다 흰머리가 훨씬 많다. 벌써 이렇게 나이가 들었나? 혹시나 하는 마음에 눈가 주름과 목주름을 살펴본다. 다행히 주름은 아직 많지 않다. 안도하며 떡 본 김에 제사 지낸다고 이발이나 할 요량으로 집을 나선다. 난 짧은 머리를 좋아한다. 특히 나이가 들면서는 더 그렇다. 그래서 이발을 할 때는 매번 숏컷을 하고 이발도 자주 한다. 잘린 머리카락이 바닥에 떨어지는데 또 한 번 놀란다. 머리에 붙어있을 때보다 훨씬 더 희다. 아예 흰 실 뭉치가 덩어리째 떨어지는 것 같다. 아뿔싸! 세월을 이길 수는 없는가보다. 하지만 기분이 나쁘지 않다. 서운하지도 않다. 오히려 뭔가 뿌듯한 감정이 스멀스멀 피어오른다.

머리숱도 많고 흰머리가 별로 없던 내가 어느 때부턴가 숱은 줄어들고 흰머리가 늘어나더니 지금은 정수리 부근이 휑하니 비고 온통 흰머리로 뒤덮였다. 신경이 쓰이고 좀 창피하기도 할 법한데 전혀 그렇지가 않다. 그나마 아직까지 백발은 아니어서 '로맨스그레이'라고 자위를 하며, 흰머리는 내 삶의 커리어를 대변하는 훈장처럼 느껴져서 좋다. 한 번도 염색을 해 본 적이 없거니와 생각해 본 적도 없다.

아내와 가끔 얘기한다. 만일 머리숱이 더 줄어들고 보기 싫어지면 아예 삭발을 하는 것도 좋다고. 난 그런 일에 용감하다. 주변의 눈치를 보지 않는 편이다. 어설퍼진 상태로 관리하기도 어렵고 보기에도 처량한(?) 지경에 이르면 과감하게 밀어버릴 작정이다. 항간에는 누드헤어도 패션으로 여기는 터라 더욱 용기를 얻는다. 단지 나이가 들면서 피부가 건조해져 두피에 생기는 크고 작은 부스럼들을 잘 관리하는 일이 남아 있긴 하다. 현재는 상태가 좋지 않다. 피부과도 다녀보고 이런저런 처방을 해 보지만 쉽사리 가라앉지 않는다. 이러면 곤란한데….

벌써 퇴직한 지 10년이 넘었다. 살아온 날보다 살아갈 날이 훨씬 적은 것은 당연한 이치다. 그러나 아직은 생활에 별 지장이 없다. 여유로운 마음으로 삶의 순간마다 의미를 부여하며 지낸다. 즐기고, 생각하고, 외치고, 추억하며 잘살고 있다. 이 모든 것이 흰머리가 가져다준 선물이다. 나는 흰머리가 좋다.

저자 **최동순**

목차

樂 즐길거리

思 생각거리

告 외칠거리

記 추억거리

樂

즐길거리

운동, 공부, 여행, 문화 향유 등 좋아하는 것을 즐기며 산다.
흰머리가 가져다준 선물이다.

내가 글을 쓰는 이유

나는 종종 글을 쓴다. 그렇다고 전문적인 글쟁이는 아니다. 평소 뭔가에 생각이 꽂히면 그 생각이 머리를 떠나지 않고 맴돌다가 내용이 정리되면 바로 글을 쓴다. 또는 감동적인 일을 경험했거나 나의 감성이 고조되어 기록으로 남겨두고 싶을 때 글을 쓴다. 세상을 향해서 외치지 않고는 견딜 수 없는 '고독'이 느껴질 때도 쓴다.

보통 글을 쓰는 이유는 소설이나 여타의 문학작품이 아니라면 인식의 전환을 위해서다. 사물을 바라보는 기존의 관점을 바꾸어서 달리 보도록 하는 것이다. 그것은 강요가 아니라 아주 자연스럽고 예의를 갖춘 설득방법이다. 내가 알던 지식이 전부가 아니라 극히 일부에 지나지 않는다는 것을 깨닫도록 독자와 함께 길을 나서는 일이다.

나에게 글쓰기는 아주 매력적인 유희(遊戱)다. 연륜과 더불어 고착화된 나의 정신세계를 말랑말랑하게 해주는 치료제가 된다. 사람은 나이가 들면서 고정관념이 생기게 되고, 그걸 만고불변의 진리라 믿으며 절대로 양보하려 하지 않는다. 하지만 글을 쓰다 보면 내 생각만으로 쓸 수 없다는 것을 알게 된다. 나만의 논리를 내세울 수가 없는 그 무언가를 끊임없이 깨닫고 확인하게 된다. 그러므로 글쓰기는 고착화된 내 생각을 유연하게 해 줄 뿐만 아니라 매우 유익한 놀이인 셈이다.

글쓰기는 평소 사용하지 않던 생각의 근육까지 최대한 끄집어내어 사용함으로써 지력(知力)과 심력(心力)을 키우는 효과도 있다. 글을 쓰고 싶은 욕망이나 적합한 소재가 있어도 막상 쓰려고 들면 쉽지가 않다. 어떻게 시작을 해야 할지, 어떻게 전개해 나가야 할지, 무엇을 강조해야 할지, 마무리는 어떻게 하는 것이 효과적인지 여러모로 어렵다. 또 단어의 선택이나 문장의 구성, 표현상의 기술적인 부분까지 이래저래 막막하기만 하다. 고심하며 생각의 저 밑바닥에 있는 근육까지 다 끄집어내지 않으면 결코 글을 쓸 수 없다. 그 과정에서 상상하지도 못한 지혜와 상상력, 인내심, 자제력 등을 얻게 된다.

글을 쓰는 일은 신진대사에도 적잖이 도움이 된다. 글을 쓰는 일은 격렬한 운동을 하는 것 못지않게 에너지를 소모하는 일이다. 열심히 공부를 해 본 사람은 얼마나 빨리 배가 고픈지 알 것이다. 글을 쓰는 일은 공부 중에서도 가장 에너지를 필요로 하는 공부에 해당한다. 많은 에너지를 필요로 한다는 것은 그만큼 신진대사가 활발하다는 증거다. 그렇기에 열심히 공부하는 사람이나 글을 쓰는 사람들 대부분이 건강하다. 끊임없이 뇌와 심장을 사용함으로써 몸의 대사 작용을 활성화하기 때문이리라.

그뿐만 아니라 글을 쓰면서 삶의 희로애락을 넉넉히 이해하고 나름대로의 심미(審美)를 경험하기도 한다. 다양한 주제의 글을 쓰는 동안 희로애락으로 점철된 우리네 삶의 순간순간이 생생하게 다가온다. 소위 '인간의 삶의 무늬'를 느끼면서 그 무늬를 이해하게 된다. 그때 삶의 깊은 의미와 재미를 느끼게 된다. 다른 생명체들이 범접할 수 없는 인간의 삶의 가치를 깊이 생각하게 된다.

만약에 글을 쓰지 않는다면 나이 들어 흔히 하는 뻔한 말초(末梢)들로 여생을 보낼 공산이 크다. 어쩔 수 없는 인간의 한계를 극복하기는 여간 어려운 게 아니기 때문이다. 주변에서 보고 듣는 엄청난 양의 정보들은 내가 직접 체험하지 않은 것들이어서 객관적인 참고자료가 될 뿐이다. 나에게 재미있고 유익한 놀이가 될 수도 없고, 지력과 심력을 키우는 효과도 그다지 없다. 몸의 신진대사에 그다지 영향을 주지도 못할 뿐 아니라, 삶의 희로애락을 이해하고 인생의 깊은 맛을 느낄 수가 없다.

일부러 글감을 찾아 애를 써본 적은 한 번도 없지만 오늘도 내가 접하는 다양한 것들 가운데 생각이 꽂히거나, 감성이 고조되거나, 외치고 싶은 무언가가 있으면 즉시 자판을 두드린다. 미루지 않는다. 내가 알던 지식이 전부가 아니라 극히 일부에 지나지 않는다는 것을 깨닫고, 사물을 바라보는 기존의 관점을 바꾸기 위해 기꺼이 고독한 길을 나선다. 그 고독을 즐긴다. ‖ 2019. 2. 13.

사치할까? 향유할까?

나는 자칭 실용주의자다. 나를 설명하는 다양한 표현들이 있을 수 있지만 사실 이보다 나를 더 정확하게 표현하는 말은 없다는 생각이 든다. 물건을 고를 때 브랜드나 명성보다는 내가 꼭 필요로 하는 기능과 맘에 드는 디자인이면 그 어떤 것도 상관하지 않는다. 심지어는 가판(街販) 물건도 상관없다. 가끔 불량품을 만나기도 하지만 그걸 구입한 것 자체를 후회하지는 않는다. 왜냐하면, 유명 브랜드나 백화점에서 구입한 물건 중에도 불량품은 있기 때문이다. 더구나 값싼 물건을 구입해서 발생하는 기회손실은 값비싼 물건을 구입해서 발생하는 그것보다 훨씬 저렴하다.

집안의 시설물도 불편한 점이 있으면 미관에 손상이 가더라도 기꺼이 불편을 제거하는 걸 서슴지 않는다. 예컨대 문의 모서리가 뾰족하여 신체를 다치게 하는 경우 모서리 부분을 칼로 깎기도 하고, 사포로 갈아 희끗희끗 상처를 남기기도 한다. 이사한 새집의 럭셔리한 수도꼭지가 아무리 고급스럽게 보이더라도 사용하기에 불편하다면 기꺼이 단순하고 편리한 것으로 교체할 용의가 있다.

이러한 실용주의 성향은 기본적으로 사치를 좋아하지 않고, 때로는 죄악시하는 나의 마음가짐에서 비롯되었다 할 수 있다. 자본주의 사회에서 소비는 각자의 자유영역이지만 필요와 사치는 구분되어야 한다고 본다. 경제력의 차이는 충분히 있을 수 있고, 있을 수밖에 없다. 그러나 사치는 어려운 사람을 더 힘들게 하고 좌절감을 안겨주기 때문에 죄악시하는 것이다. 하기야 생각의 자유도 존재하기 마련이지만 적어도 내 삶의 기준으로는 그렇다. 물론 나도 늘 사치의 유혹에서 자유롭지는 않다. 그러나 그걸 극복하기 위해 부단히 노력할 뿐이다. 그러기 위해 사치를 멀리하고 죄악시하는 것이다.

하지만 인간은 절제만으로 살 수는 없다. 그래서도 안 된다. 가령 근검절약을 요지부동 삶의 기준으로 정해 놓고 죽어라 일만 하고, 돈을 쓸 줄 모르고 사는 것은 삶을 너무 각박하게 만든다. 삶에는 효용과 낭만이 곁들어 있어야 한다. 일을 하는 목적도, 돈을 모으는 목적도 결국은 재미있게, 행복하게 살기 위함이다. 기능 대비 지나친 비용을 지불하는 것은 어리석은 일이며, 때로는 죄악이 될 수도 있지만 가성비가 적절한 범위 내에서의 소비는 삶을 한층 풍요롭게 하는 순기능을 한다.

나는 여행을 좋아한다. 나의 여행 예찬은 단순히 여유를 즐기는 데서 연유(緣由)하지 않는다. 나에게 있어 여행은 '내가 있던 곳을 떠나 낯선 곳에서 내가 있던 곳을 바라보는' 묘한 운치를 느끼게 한다. 그래서 여행과 관련하여 내가 가장 좋아하는 표현은 '낯선 곳에서 마주하는 쓸쓸함'이다.

사실 여행은 냉정하게 따져보면 많은 낭비적인 요소가 있다. 시간적으로는 준비시간과 이동시간이 너무 많이 소요되고, 비용면에서도 가정에서 소비하는 것보다 훨씬 더 큰 비용을 지불해야 할뿐더러 비용 대비 만족도가 그리 크지도 않다. 또 여행 뒤의 정리와 피로회복 등 치러야 할 부수적인 대가도 있다. 이처럼 막대한 시간과 비용을 지출해 가면서 얻는 것은 새로운 풍경, 낯선 거리, 낯선 문화와 그 안에 살고 있는 사람들의 모습을 구경하는 일 정도다.

그럼에도 불구하고 이처럼 '쓸데없는' 여행에서 우리는 소중한 그 무엇을 얻는다. 내가 머무는 곳에서 돈으로, 시간으로 살 수 없는 '그 무엇'이 거기에 있다. 말하자면 삶의 어느 순간을 향유하는 것이다. 여행뿐만이 아니다. 연극, 영화, 음악, 뮤지컬, 오페라, 미술작품 등을 감상하고, 직접 예술 활동을 함으로써 심미적 욕구를 충족하는 일체의 일들은 사치가 아닌 향유에 속한다 할 것이다.

비록 가난하게 살지라도 선물을 주고받기도 하고, 외식을 하면서 삶의 피곤한 한때를 달래기도 한다. 그러기 위해 우리는 다소 무리를 해서라도 기꺼이 지갑을 연다. 열 줄 알아야 한다. 삶의 과정에서 우리는 돈을 아끼지 말아야 할 때가 있는 것이다. 근검절약하며 열심히 살아야 할 필요가 있는 만큼 삶을 향유할 줄 아는 지혜가 필요하다. 사치와 향유를 가려내는 일 또한 공부다. 나는 언제 사치하고, 언제 향유하는가? 무엇을 사치하고, 무엇을 향유하는가? 얼마나 사치하고, 얼마나 향유하는가? 아직도 끝나지 않은 숙제를 하느라 오늘도 고민하고 있다. ‖ 2019. 4. 5.

축구야, 내 심장을 지켜다오

새벽 3시 비몽사몽 알람 소리에 눈을 비비고 일어났다. 곧바로 거실로 나가 TV를 켠다. 3시 반부터 폴란드에서 진행 중인 'U-20 월드컵' 8강전 한국과 세네갈의 경기가 시작되는 터다. 캐스터와 해설위원은 벌써부터 경기상황과 전력에 관한 정보를 일러주며 열을 올리고 있다. 얼른 정신을 차려야 한다. 세수를 하고 초집중 시청 모드로 전환한다.

한국 대표팀은 이번 대회 'Again 1983'을 모토로 야심 차게 출정했다. 1983년 기억이 또렷하다. 이름하여 '박종환 사단'이 남미와 유럽의 강호들을 상대로 4강 신화를 이룩했던 '83 멕시코 청소년축구대회'의 추억 말이다. 그냥 4강이 아니고, 4강 '신화'다.

그 당시 세계 축구계에서 존재가치조차 거의 없던 우리의 청소년 팀이 전 세계를 경악시키며 4강에 오른 일은 그야말로 신화에 가까웠다. 4강에 오르며 '붉은 악마'라는 별명을 얻은 것은 결코 우연이 아니다. 멕시코 고지대 적응을 위해 마스크를 착용하고 훈련하는가 하면, 박종환 감독 특유의 혹독한 훈련을 이겨낸 우리 젊은이들이 붉은색 유니폼을 입고 악마처럼 달려들어 이룩한 개가(凱歌)다. 그때 핵심 멤버였던 한 축구인은 당시 훈련할 때 착용했던 마스크와 대회 때 입었던 유니폼을 SNS 프로필 사진으로 올려놓아 감회를 새롭게 한다. 당시 박종환 감독은 맞춤형 작전을 몇 개 준비하여 벤치에서 손가락으로 사인을 주어 화제가 되기도 하였다.

자, 각설하고 이제 경기상황으로 들어가 보자. 팽팽한 기(氣) 싸움을 하며 전반전 중반을 넘어선 37분경 공방(攻防)을 이어가던 중 페널티 박스에서 혼전 상황이 벌어지더니 흘러나온 공을 세네갈 주장이 중거리 슛으로 선취득점에 성공한다. 순간 예선 라운드 첫 경기 포르투갈전이 떠오른다. 포르투갈에 일격을 당하고 난 뒤 남아공과 우승후보 아르헨티나를 잡고, 16강전에서 난적 일본마저 잠재우고 올라왔는데 여기까지가 한계인가 하는 생각이 얼핏 스쳐 간다. 이른 시간에 선취 실점을 하게 되면 경기가 어려워지는 건 축구에서 너무도 흔히 있는 일이기에 갑자기 불운의 그림자가 드리운다.

전반을 리드 당한 채 시작된 후반 8분 부상당한 공격수 전세진을 대신하여 같은 자리에 조영욱을 교체 투입하고 적극적인 공격 작업에 돌입한다. 15분경 갑자기 주심이 경기를 중단시키고 이어폰으로 한참을 교신하더니 VAR(Video Assistant Referee) 판독에 들어간다. 공격 작업에 가담하여 페널티 에어리어에서 볼을 받으려고 자리를 잡은 수비수 이지솔 선수를 세네갈 선수가 두 손으로 힘껏 밀어젖히는 장면이 VAR 화면에 딱 걸려들었다. 주심은 여지없이 페널티를 선언하고, 에이스 이강인이 대담하게 성공시킴으로써 승부의 균형을 맞춘다. 전광판 시계는 후반 17분을 가리키고 있다. 1:1, 이제 다시 원점에서 시작이다.

다시 시작된 세네갈의 거센 공격이 시작된다. 우당탕탕 한바탕 공수(攻守)가 불꽃을 튀기는 가운데 이번에는 우리 진영 페널티 에어리어에서 묘한 상황이 스쳐 지나간다. 잠시 후 주심이 경기를 중단하고 확인한 VAR에는 수비수 이재익 선수가 상대 공격수를 안고 수비하는 과정에서 팔로 다소 의도성이 있게 공을 밀어내는 장면이 담겨 있다. 세심한 판독을 거친 끝에 핸드볼 파울로 페널티가 주어졌지만 우리의 철벽 수문장 이광연 선수의 놀라운 반사 신경으로 방어에 성공한다. 일순 벤치와 관중석이 난리가 났다. 이광연은 득의에 찬 세리머니를 하고, 선수들은 그를 얼싸안고 축하와 격려를 아끼지 않는다. 하지만 기쁨은 잠시, 심판이 옐로우 카드를 내밀더니 페널티를 다시 하게 한다. 이유인즉 키커가 킥을 하기 전에 골키퍼가 엔드라인을 벗어나 앞으로 나왔다는 얘기다. 개정된 축구규칙에는 "페널티 마크에서 공이 키커의 발을 떠나기 전에는 골키퍼의 발이 엔드라인을 벗어나 앞으로 나와 있어서는 안 된다."라고 되어 있기 때문이다. 그 경우 골키퍼에게 경고를 주고 페널티를 다시 하도록 되어 있다. 다시 시도한 페널티에서 세네갈이 득점에 성공함으로써 2:1로 세네갈이 앞서간다. 후반 31분, 다시 승부의 추가 세네갈로 넘어가는 분위기다. 큰일이다.

후반 35분 정정용 감독은 미드필더 박태준을 좀 더 공격적인 김정민으로, 수비수 이재익을 발 빠른 공격수 엄원상으로 교체하면서 상대를 거세게 몰아붙이기 시작한다. 세네갈도 선수교체를 통하여 거센 공격에 대처하면서 굳히기에 들어가는 분위기다. 시간은 속절없이 흘러 정규시간이 모두 소진되고 추가시간으로 무려

8분이 주어진다. 세네갈은 다시 2명의 선수를 교체하며 완전히 굳히기에 들어간다.

그렇게 추가시간도 거의 소진되기 직전 왼쪽에서 얻은 코너킥 상황, 키커 이강인의 발을 떠난 공이 니어 포스트 쪽으로 쇄도하는 수비수 이지솔 선수 머리에 정확하게 배달된다. 이름하여 '택배 크로스'다. 골이 들어가기에는 그다지 각도가 없었지만 달려 들어오는 탄력과 타이밍이 정확하게 맞아떨어진 공은 골대 상단으로 쏜살같이 빨려 들어간다. 2:2 동점을 이루는 순간이다. 순식간에 그라운드는 열광과 좌절의 극명한 대비를 이루며 소용돌이친다. 한국 선수들은 부둥켜안고 환호를, 세네갈 선수들은 머리를 감싸고 엎드러져 일어날 줄 모른다. 정확하게 추가시간 7분 56초를 지나가는 순간이다. 경기종료 4초를 남기고 들어간, 그야말로 '극장골'이다. 대박!

어떻게든 승부를 가려야 하는 결선토너먼트의 속성상 연장전에 돌입한다. 연장 전반 6분, 상대 진영에서 이강인은 오세훈의 패스를 받아 툭툭 치더니 쇄도하는 조영욱에게 지체 없이 스루패스를 찔러 넣자 그는 수비수 2명을 뿌리치는 엄청난 에너지와 정확한 스텝으로 뛰쳐나오는 골키퍼 키를 넘기는 칩샷을 성공시킴으로써 또 한 번 경기장은 용광로처럼 달아오른다. 이제 스코어 3:2로 완전한 역전에 성공한 한국 팀에 한결 여유가 생겼다. 하지만 방심은 금물이다.

이제 최후의 땀 한 방울까지 짜내야 하는 연장 후반, 몸은 천근만근이지만 결의에 찬 선수들의 모습에서 경기의 중요성을 실감할 수 있다. 살얼음판 승부를 이어가며 기회와 위기가 교차하는 숨 막히는 순간들이 지나간다. 시간은 속절없이 흘러 전·후반 90분과 연장전 30분까지 모두 지나갈 무렵, 연장 후반 추가시간 1분이 게시되자마자 왼쪽 측면을 파고든 마마두 단파의 땅볼 컷백을 아마두 시스가 골문 구석을 향해 인사이드 땅볼로 찔러 넣자 뒤로 물러서던 수비대형이 속절없이 무너져 내린다. 땅을 치고 통탄할 일이다. 경기종료 50여 초를 남기고 일어난 너무도 허탈한 장면이다. 다 잡은 고기를 눈앞에서 놓친 셈이다. 3:3 동점, 잠시 후 경기는 이대로 끝나고 만다.

연장전까지 승부를 가리지 못한 토너먼트 경기는 승부차기로 승부를 결정해야 한다. 동전 토스로 페널티 사이드를 결정하고, 이어서 한국이 선축(先蹴) 팀으로 정해졌다. 1번 키커로 나선 김정민이 심호흡을 한 다음 강력한 땅볼 슛을 때리는 순간 볼은 골포스트 하단을 강타하고 반대편으로 튕겨 나간다. 하지만 골키퍼 이광연의 눈빛이 왠지 모를 자신감으로 빛나고 있고, 실축한 김정민 선수를 웃으며 안아주고 위로하는 여유까지 보이는 게 분위기를 반전시킬 수 있을 것 같다는 기대를 갖게 한다. 그러나 세네갈의 1번 키커가 무난하게 페널티를 성공시킴으로써 한국의 2번 키커에게 부담감을 가중시킨다. 0:1.

엄청난 부담을 안은 한국의 2번 키커 조영욱이 침착하게 골키퍼 왼쪽을 겨냥한 정석적인 페널티를 시도했지만 골키퍼 선방에 막히고 만다. 연달아 실패한 한국 팀에 패배의 그림자가 짙게 드리운다. 그러나 세네갈의 2번 키커도 긴장한 듯 초조한 눈빛이 역력하다. 아니나 다를까 힘이 잔뜩 들어간 그의 킥은 골대를 넘어 허공으로 날아가고 만다. 휴~ 스코어는 여전히 0:1이다.

3번 키커는 쌕쌕이 엄원상이다. 나는 개인적으로 그의 번개 같은 속도에 경탄하곤 한다. 그러나 페널티는 속도로 결정짓는 게 아니기에 가슴을 졸인다. 그의 발을 떠난 공은 골키퍼의 손을 맞고 가까스로 골망을 흔들어 마침내 1:1을 만든다. 하지만 세네갈의 3번 키커가 무난히 성공함으로써 스코어는 다시 1:2, 불리한 상황이 계속된다.

한국의 4번 키커는 전 경기를 통틀어 꾸준히 준수한 활약을 보여준 최준 선수다. 이번 대회에 참가한 대학생 선수 두 명 중 한 명이다. 나는 그의 측면 플레이에 완전히 매료되었다. 엄청난 심리적 압박감을 이겨내고 자신 있게 시도한 그의 킥은 골키퍼를 꼼짝 못 하게 만들고 구석에 강력하게 꽂힌다. 반면 이어진 세네갈 4번 키커의 슛을 골키퍼 이광연이 정확하게 다이빙 캐치한다. 벌떡 일어나 왼쪽 가슴의 엠블럼에 입맞춤으로써 희열을 만끽하며 분위기 반전의 기회를 노린다. 벤투호에 '갓 현우(조현우)'가 있다면, 정정용 호에는 '빛 광연(이광연)'이 있다. 2:2, 이제 승부의 균형이 정확하게 맞추어졌다. 이제부터 진검승부가 다시 시작된다.

한국의 마지막 키커는 오세훈이다. 뛰어난 신체조건과 운동능력으로 이번 대회 스트라이커의 전형을 보여주고 있는 선수다. 헤딩능력은 물론이고 발기술도 좋은 데다 몸싸움까지 잘하는 전형적인 스트라이커지만 지금은 누구 못지않은 중압감이 있는 마지막 키커다. 온 힘을 실어 가운데 쪽으로 강력하게 시도한 그의 슛이 골키퍼에게 막히고 만다. 벤치와 관중석에서 동시에 탄식이 터져 나온다. 나도 심장이 멎는 줄 알았다. 그런데 갑자기 심판이 골키퍼에게 다가가더니 경고를 준다. 이어서 VAR 화면에 잡힌 장면에서는 볼이 키커의 발을 떠나기 전에 골키퍼가 먼저 앞으로 나오는 모습이 잡혀 있다. 찰나의 동작이지만 먼저 움직인 사실을 분명하게 보여주는 장면이다. VAR 만세! 마치 후반전 세네갈의 페널티를 이광연 골키퍼가 선방했지만 무효 처리된 경우와 같은 상황이 승부차기에서 발생한 것이다. 이번에는 그물이 찢어질 정도의 강력한 슛을 골문 한가운데에 강력하게 꽂아 넣음으로써 비로소 3:2 역전을 만들며 세네갈의 마지막 키커에게 엄청난 심리적 부담감을 안겨준다.

세네갈의 마지막 키커는 첫 골을 성공시켰던 주장이다. 그런데 걸어 나오는 모습부터 긴장한 기색이 역력하다. 시선을 어디에 둬야 할지 몰라 안절부절하더니 공을 페널티 마크에 놓고 나서는 긴장이 극에 달한 모습이 카메라에 고스란히 잡힌다. 그럼에도 불구하고 태연한 척 천천히 걸어와 여유 있게 공의 밑동을 툭 차자 공은 골대를 훽 넘어가 버린다. 그라운드엔 난리가 났다. 극명하게 엇갈리는 희비의 현장은 롤러코스터를 타고 온 사람들의 종착역이다. 숨이 막힐 것 같은 기나긴 승부가 막을 내렸다. 마침내 승부차기 3:2, 그야말로 극적으로 역전에 성공하고 4강에 진출하는 순간이다.

4강에 오른 것도 엄청난 일이지만 그보다 엄청난 사실은 반전에 반전을 거듭한 숨 막히는 순간들이 있었다. 이런 경기를 일컬어 흔히 '각본 없는 드라마'라고들 하지만 그런 표현으로도 설명이 부족한, 역대급 경기였다. 표현력의 한계를 안타까워해야 할 판이다. 우리의 청춘들이 머나먼 이국땅 폴란드에서 드디어 목표로 했던 'Again 1983'을 성취하였다. 쫓고 쫓기는 득점상황, 종료 직전에 터진 두 번의 극장 골. 그게 다가 아니다. 최근 도입된 VAR 판정이 수시로 선수들과 벤치, 그리고 관중들을 들었다 놨다 하며 잠시도 긴장을 놓을 수 없게 하였다. 이 피 말리는 승부를 지켜보는 내내 나는 숨이 막힐 듯하고 심장이 멎는 줄 알았다.

그 엄청난 순간들을 이겨낸 대한의 청춘들아, 장하고 장하도다. 그것도 운 좋게 이긴 게 아니라 탄탄한 실력으로 엄청난 심리적 압박감을 이겨내고 이룩한 업적이기에 더없이 대견스럽다. 또 4강전이 남아 있다. 또 한 번 드라마를 연출한다면 결승전이 남아 있지만 그건 내게 중요하지 않다. 오늘의 경기 자체만으로 나는 만족한다. 세계 축구의 중심으로 한 걸음씩 다가서는 그대들의 전진이 이렇게 장엄하고 즐거운 축제가 될 줄은 미처 상상하지 못했다. 정치적으로 혼란스럽고 경제 상황이 극도로 어려운 이때에 그대들이 있어 환호하며 함께 축제를 즐길 수 있어 행복하다. 그러나 하마터면 내 심장이 터지는 줄 알았다. 운동장을 내달리며 언제까지나 청춘일 것 같았던 나도 어느덧 60대다. 내 평생의 친구 축구야, 고맙다. 하지만 난 오늘 새벽 죽었다 살기를 몇 번, 정말로 죽는 줄 알았다. 축구야, 나 좀 살려다오. 내 심장을 지켜다오.

‖ 2019. 6. 9.

나의 전공 예찬

나는 산업공학을 전공했다. 산업공학은 공학도 아닌 것이, 경영학도 아닌 것이 좀 묘한 구석이 있다. 우리나라 대학의 산업공학과는 대부분 공과대학에 소속되어 있지만 인문사회학적인 요소도 상당히 가미되어 있어 우스갯소리로 '공대의 국문과'라는 소릴 듣기도 했다. 하지만 나는 '어쩌다' 산업공학을 전공한 것을 아주 다행스럽게 여긴다. 원래 문과 출신이기도 하지만 교과목별로 호오(好惡)가 선명한 편이어서 순수 공학을 전공했다면 엄청나게 힘들었을 것이다. 산업공학의 교육과정은 문과와 이과의 과목들이 적당히 섞여 있어 그나마 나에게는 천만다행이었다. 그럼에도 불구하고 몇몇 과목은 나에겐 맞지 않아 좋은 결과도 얻지 못했을뿐더러 그 과정이 너무 지루하고 힘들었다.

하지만 학업을 마치고, 학생들을 가르치는 일도 끝내고 퇴직을 한 지금은 산업공학을 고마워하며 삶의 벗으로 친하게 지내고 있다. 새삼스럽게 전공서적을 펼쳐보면 너무나 재미가 있다. 어렵고 복잡하게 느껴지던 내용이 삶 속에 친근하게 다가온다. 물론 이젠 시험을 보거나 잘 가르쳐야 하는 의무감이 없어졌기 때문이기도 하지만 꼭 그렇지만은 않다. 산업공학의 대상이 대체로 기업경영과 관련된 것들이지만 조금만 생각을 확장해보면 우리 삶에 적용하기 딱 좋은 주제들이 아주 많아서다.

산업공학은 본래 기업경영의 효율화를 도모하는 미시적 학문이지만, 공학적인 요소와 경영학적인 요소가 적절히 배합되어 있어 인간의 삶을 편리하고 윤택하게 하는 실용학문이기도 한 셈이다. 이러한 유용성을 놓치기가 아쉬워 퇴직 후 일반인들을 대상으로 "생활 속의 경영학"이라는 주제로 인문교양 강의를 하기도 한다. 산업공학에 등장하는 다양한 주제들을 딱딱하고 이론적이기보다는 쉽고 말랑말랑하게 풀어내어 생활 속에서 실천할 수 있도록 소개하는 아주 흥미로운 시간이다.

그보다 더 다행인 것은 산업공학이 '언제나 현실 속에서 이상을 실현하려는' 나의 성향과도 잘 맞는다는 사실이다. 자연과 수많은 사람, 기계, 구조물 등이 복잡하게 얽히고설킨 이 세상에 이상향(理想鄕)은 없다는 것을 모를 리 없지만 끊임없이 이상을 추구하며 산다. 세상에 존재하는 불합리하고 비효율적인 것들을 수정하고 개선하여 이 사회를 지금보다 더 나은 사회로 만들겠다는 신념과 노력을 멈추지 않는다. 개인이 타당하다고 판단하여 한 행동이 사회 전체적으로는 부정적인 결과를 초래하게 되는 '구성의 오류'가 존재한다손 치더라도 더 나은 미래를 지향하지 않는 사회는 죽은 사회나 다름없기 때문이다.

이 대목에서 공부는 왜 하는가 하는 근원적인 질문을 하지 않을 수 없다. 모름지기 공부를 하는 궁극적인 이유는 인간이 무지와 불합리에서 해방되어 스스로 자유와 행복을 누리려 함이요, 더 나아가서 우리가 몸담고 있는 사회의 번영과 행복을 추구하기 위함일 것이다. 그러나 오늘의 공부가 당장 자유·번영·행복과 직결되지 않는가 하면, 때로는 배운 대로 사는 것 자체가 힘이 들거나 아예 불가능하기도 하다. 공부가 추구하는 이상(理想)과 공부한 것을 실천하려는 현실이 늘 충돌하는 것이다.

어차피 어렵기만 하고 실현 불가능할 바에야 차라리 하지 않는

게 나은 걸까? 이상을 실현하기에는 녹록지 않은 현실을 어떻게 받아들여야 하나? 고민을 거듭해 보지만 현실을 부정하거나 공부를 포기할 순 없다. 불합리한 것을 합리적으로 바꾸고, 비효율적인 것을 효율적으로 개선하면 생산성과 삶의 질이 향상되고, 풍요와 윤택이라는 경제적 이득은 저절로 따라오기 마련이다. 말하자면 생산성, 경제성, 효율성을 얻기 위해 끊임없이 '합리(合理)'를 추구하는 산업공학이야말로 문·이과를 망라하여 공부의 보편성에 매우 근접한 학문이라 믿으며 오늘도 공부를 즐긴다. 이론 없는 실습은 없다. 퇴직을 하고 나서 공부하는 즐거움을 새삼 느끼며 삶에 적용하게 되다니. 산업공학에 대한 '오마주'를 숨길 수 없다.

‖ 2019. 11.

미스터트롯이 보여주는 인간의 무늬

미스터트롯 열풍이 드세다. 나이 든 세대 일부에서 회자되던 트롯이 새로운 모습으로 혜성처럼 나타나 세대를 망라하여 광풍을 일으키고 있다. 사실 나는 평소 트롯에 전혀 관심이 없거니와 좋아하지도 않기에 이번 트롯 열풍의 서막을 목격하지 못했다. 그러나 관련 기사와 다양한 정보를 종합하여 정리하면 대충 이렇다.

2019년 2월부터 5월까지 'TV조선'에서 방영된 여성 트롯 서바이벌 오디션 프로그램 「내일은 미스트롯」에 출연한 판소리를 전공한 국악인 송가인(본명 조은심)이 우승을 차지하면서 시작되었다고 보는 게 정설이다. 그녀는 2012년 10월 싱글 트롯 음반 『산

바람아 강바람아』『사랑가』를 발표하면서 대중가수로 데뷔했고, 2017년부터는 '송가인(宋歌人)'이라는 예명을 사용하며 본격적인 활동을 하던 중 방송 오디션 프로그램 「내일은 미스트롯」에서 우승하면서 일약 스타덤에 오르게 되었다.

식을 줄 모르는 트롯 열풍에 기름을 부은 제2탄 「내일은 미스터트롯」은 미스트롯의 열풍을 불쏘시개 삼아 역대 케이블TV 최고 시청률을 기록하며 센세이션을 일으킨 남성 트롯 서바이벌 오디션 프로그램이다. 총 15,000여 명이 참가하여 예심을 통과한 내로라하는 가왕(歌王)들이 피 말리는 경쟁을 거쳐 최종 진(眞), 선(善), 미(美)를 포함하여 Top7을 가려내는 것으로 대미를 장식하였다. 2020년 1월 2일부터 3월 12일까지 매주 목요일 방영된 본선은 시청자들의 눈과 귀를 사로잡아 트롯의 매력을 각인시키는 효자 노릇을 톡톡히 담당하였다.

「내일은 미스터트롯」은 오디션 프로그램에 그치지 않고 흥미진진한 특집 파생 프로그램을 생산하는 기여를 했다. 'TV조선'은 본 방송이 끝난 바로 다음 주 첫 파생 프로그램 「미스터트롯의 맛」을 2회에 걸쳐 방영하였다. 첫 회에서는 준결승전에서 탈락한 안타까운 참가자들의 노래 솜씨를 보여줌으로써 그들에 대한 위로와 트롯 열풍이라는 두 마리 토끼를 잡는 효과를 얻었다. 2회는 미스터트롯 Top7이 참여하는 스페셜 예능 프로그램으로 최종선정의 감동과 그 결과 나타난 현상들, 그리고 현재 상황을 현장을 찾아가 보여주는 등 대회 후일담을 생생하게 전달하였다.

이어서 4월 2일부터는 미스터트롯 Top7(임영웅, 영탁, 이찬원, 김호중, 정동원, 장민호, 김희재)이 출연하는 「신청곡을 불러드립니다- 사랑의 콜센터」라는 파생 프로그램을 개설하였다. 정해진 시간에 국내와 해외 각지에서 걸려온 전화를 통해 사연을 접수하고, 원하는 가수와 노래를 신청받아 즉석에서 불러주는 실시간 전화노래방 형식으로 진행되고 있다.

5월 13일부터는 「뽕숭아 학당」이라는 파생 프로그램을 통해 미스터트롯 맨(임영웅, 영탁, 이찬원, 장민호)이 초심으로 돌아가 대한민국 최고의 트롯 가수, 국민가수로 성장하기 위해 다양한 배움을 이어가는 예능을 선보여 또 다른 재미와 감동을 선사하고 있다.

그중에서 내가 주목하는 프로그램은 「사랑의 콜센터」다. 주변에서 계속해서 트롯 열풍에 관한 얘기를 들어오던 어느 날 우연히 채널을 돌리다가 이 프로그램을 보게 되었다. 호기심에 잠깐 본다는 게 그만 끝까지 보고야 말았다. 그 뒤로 반드시 챙겨보는 건 아니지만 특별한 일이 없는 한 보게 되었다. 평소에는 주로 뉴스, 스포츠, 다큐멘터리, EBS 강의 등을 골라 보는 편이라 연예 프로그램에 대해서는 알지도 못하고, 그러다 보니 예능에 대해서는 젬병이다.

나는 이 프로그램을 보면서, 또 얼핏얼핏 들리는 그들의 스토리를 접하면서 많은 생각을 한다. 때로는 파안대소를 하고, 때로는 눈물을 머금지만 내 생각의 대세는 '인문(人紋)'이다. 노래 뒤에 엿보이는 삶의 무늬가 나에게 찾아옴은 어인 일일까? 미스터트롯 Top7이 들려주는 노래도 감동적이지만 그들의 뛰어난 인간미가 더욱 인상적이다. 그들에게서 발견할 수 있는 아름다운 삶의 무늬에 환호작약(歡呼雀躍)하고 있다. 그들이 안겨주는 감동의 메뉴를 정리해 보자면 이렇다.

첫째, 무엇보다도 가창력이 뛰어나다. 오디션 프로그램에서 불렀던 트롯 외에도 발라드, 팝송, 심지어는 랩까지 시청자들이 신청하는 모든 곡들을 완벽에 가깝게 소화해 내는 능력이 대단하다. 물론 어느 정도 편집된 것이기는 하겠지만 원곡 가수가 남자든 여자든, 장르가 무엇이든, 어느 시대의 노래든 거의 모든 노래를 맛깔나게 소화해 내는 그들의 가창력은 정말 끝 간 데를 모른다. 타고난 자질도 있겠지만, 그동안 얼마나 피나는 노력을 해왔는지 짐작이 간다. 그 뛰어난 가창력에다 온 힘과 정성을 다해 열창하는 그들의 모습을 보면서 얼마나 큰 위로와 에너지를 얻는지 모른다. 소위 '고상한' 문화예술이 인간의 생각을 고양시키고 삶을 윤택하게 한다고 하지만 대중가요도 얼마든지 우리의 삶을 위로하고 힘을 불어넣어 줄 수 있음을 실감할 수 있는 대목이다.

둘째, 기나긴 무명의 세월을 견뎌온 스토리가 주는 가슴 뭉클한 사연이 있다. 각기 약간의 차이는 있지만 여의치 못한 가정형편과 일찍이 편부모 밑에서, 조부모 아래서 또는 병상에 있는 부모님을 떠나 성공할 날을 손꼽아 기다리며 온갖 궂은 일로 생계를 이어가면서 기나긴 세월을 지나 해맑은 모습으로 우뚝 선 젊은이들이 엮어젖히는 흥겨움과 감동의 무대가 그 사연들을 웅변하는 듯하다. 무명의 설움을 극복한 성취감과 어렵사리 얻은 성공을 절대로 놓칠 수 없다는 비장함으로 혼신을 다해 노래한다. 내가 대중가요를 통해 이렇게 다양한 감정의 동요(動搖)를 일으킬 줄은 미처 몰랐다. 대중가요를 좀 가볍게 여겨온 지난날들이 민망하게 여겨질 지경이다.

셋째, 그들에게는 모든 사람을 정성을 다해 진심으로 대하며 존중하는 인간미가 있다. 연예인이 아무리 인기를 먹고 산다고 하지만 그들의 팬을 대하는 진솔한 태도는 이전에 경험하지 못한, 가슴 뭉클한 감동을 안겨준다. 적어도 내게는 누가 뭐래도 그동안 가요를 들으며 느끼지 못한 엄청난 감동이 밀려온다. 전화를 걸어온 사람의 말에, 사연에 귀 기울여 경청하고 공감하며 그들을 위로하고 응원하는 모습은 상담심리 치료 그 이상의 효력이 있어 보인다. 상대가 이상한 말을 해도, 엉뚱한 요청을 해도 상대의 마음을 기꺼이 이해하려는 진정성이 엿보인다. 말은 쉽지만 이건 엄청난 인간미가 없이는 불가능한 일이다. 그들의 숭고한 인간미에 그저 박수를 보낼 따름이다.

넷째, 그들에게는 수준 높은 우정이 깃들어 있다. 각기 음색도, 창법도, 개성도 다르지만 서로를 세워주고 존중하는 휴머니티가 넘쳐난다. 어떤 경우에는 시청자들로부터 본인은 한 번도 호출받지 못하는데 연속으로 호출받아 호기롭게 노래하는 동료를 시기하기는커녕 협동하며 함께 그 순간을 '즐기는' 원숙함이 있다. 그러고도 엄지를 치켜세우며 그의 노래에 감동을 연발하는 모습은 감격을 넘어 거룩하기까지 하다. 실은 이 점이 내가 가장 주목하여 감동하면서 지켜보는 대목이다. 오랜 무명생활을 거쳐 힘들게 올라온 자리에서 강력한 '경쟁자'를 진심을 다해 응원하고 협동하는 일은 말처럼 쉽지 않은 일이다. 그것도 노래하는 현장에서 말이다. 그냥 우정이 아니라 '수준 높은' 우정이다. 정녕 감동의 하이라이트다. Top7에는 7명이 아닌 8명의 가수가 있다. 일곱 명의 미스터트롯 맨 플러스 미스터트롯 '그룹'이 이루는 완전체 말이다. 그중에서 가장 훌륭한 가수는 물론 미스터트롯 '그룹'이다. 그들의 우정이 영원하길 기도한다.

다섯째, 이웃을 사랑하는 마음과 남다른 효심이 돋보인다. 언뜻언뜻 보고 들은 바지만 타인을 대하는 태도와 이웃을 배려하는 마음, 그리고 부모님에 대한 고마움과 효성이 돋보인다. 그들이 보여주는 효심에 감동하면서 존경심을 갖고 효를 다하지 못한 나의 지난날들이 되살아나 고인이 된 부모님께 대한 속죄의 눈물을 삭이느라 애를 먹었다. 그들은 나의 몽학선생이다. 또 힘겨운 세월을 거쳐 우뚝 선 자리에서 획득한 상금과 광고료, 기타 수익의 상당 부분을 사회의 안전과 어려운 이웃을 위해 기꺼이 쾌척한다. 평범한 젊은이라면 흔히 꿈꾸어 온 주택이나 자동차를 구입하고 화려한 생활을 누릴 법도 한데 전혀 그렇지가 않다.

식을 줄 모르는 그들의 인기도 언젠간 분명 시들해질 것이다.

그러나 그들이 현재 보여주는 퍼포먼스는 우리에게 엄청난 재미와 감동을 선사하고 있다. 많은 인문학 강의를 들어 봤지만 짧은 시간에 이토록 축약된 의미를 경험하지는 못했다. 이 재미와 감동도 시간이 지나면 우리 곁을 떠나가겠지만 대중문화가 우리에게 선사하는 값비싼 선물을 오래도록 누리고 싶다. 미처 생각지도 못한 가요 프로그램, 그것도 전혀 관심이 없던 트롯을 매개로 한 프로그램에 깃들어 있는 인간의 무늬를 찾아내고, 그것을 향유하기 위해 열심히 시청해 보련다. 그들에게 한없는 자유와 행복이 지속되기를 소망한다.

‖ 2020. 6. 30.

우산의 문명학

장맛비가 쉬지 않고 내린다. 갑자기 우산에 대한 생각에 사로잡혔다. 내가 살아오면서 경험한 온갖 것들 중에 우산만큼 원형을 유지하며 지속적으로 사용되는 물건이 없다는 생각이 들어서다. 재료와 기능성이 조금씩 발전하기는 했지만 큰 틀에서의 형태나 기능은 그다지 변화가 없다. 당연해 보이지만 이건 보통 일이 아니다. 가히 '우산의 문명학'을 논해야 한다.

우산의 역사는 매우 오래되어서 우산의 정확한 기원에 관해서는 알 수가 없다. 다만 우산(雨傘, umbrella)은 라틴어로 '그늘, 그림자'를 뜻하는 움브라(umbra)에서 유래하였다 한다. 귀족들이 태양을 피하기 위해서 사용했다는 기록이 있어 금방 납득이 간다. 그러니까 우산은 비가 아니라 햇볕을 막는 용도에서 비롯되었다는 얘기다. 우산의 원조는 양산(陽傘)인 셈이다.

기원전 1200년경 이집트에서는 우산이 하늘의 여신 누트(Nut)를 상징하였으므로 귀족들만이 사용하였다. 그러나 그리스 로마의 남자들은 우산을 나약한 물건으로 여겨 비 오는 날이면 우산 대신 모자를 쓰거나 마차를 탔으며, 심지어 비를 그대로 맞기도 했다. 반면 여성들에게 우산은 지위와 부를 상징하는 물건으로 여겨져 여성들은 그걸 동경하며 일 년에 한 번씩 아크로폴리스에서 열리는 풍요의식인 파라솔 축제에 기꺼이 참가하였다. 18세기까지 우산은 주로 여성들의 액세서리로만 사용되었으며, 남성들은 비를 피하려는 행동이 남자답지 못하다는 관념 때문에 여성동반자를 보호해야 하는 공적인 장소에서만 우산을 사용하였다.

우산의 필요성을 널리 인식시킨 사람은 러시아와 극동을 오가며 무역업을 하던 영국 신사 조나스 한웨이(Jonas Hanway, 1712~1786)였다. 그는 마침내 현대적인 개념의 우산(천과 살로 이루어져 있는 박쥐 형태)을 개발하였으며, 기존의 고정관념을 깨뜨리기 위해 1750년부터 무려 30년 동안 비가 오지 않더라도 외출할 때면 항상 우산을 갖고 다녀 여성 같은 남자라는 이유로 '호모(homo)'라고 놀림을 받기도 하였다. 심지어 우산의 대중화가 이루어질 경우 자신들의 생계에 치명적인 영향을 미칠 것을 두려워한 마부들로부터 구정물 세례를 받기도 하였다. 하지만 사람들은 차츰 우산의 필요성을 인식하게 되었고, 남자들에게 나약함의 상징이었던 우산은 영국 신사들의 사랑 받는 물건이 되어 '한웨이즈(Hanway's)'로 불리게 되었으며, 19세기부터 널리 사용되기에 이르렀다.

1920년대에 한스 하우프트(Hans Haupt)가 접이식 우산을 발명함으로써 편의성을 한층 강화했다. 우리나라에는 구한말 개항 이후 선교사들에 의해 우산이 들어왔지만 우산은 부유층의 상징물이었다. 1953년 최초의 국산 우산생산업체 '협립우산'의 탄생을 계기로 1960년대 중반부터 대중화가 이루어져 현재는 다양한 형태와 색상, 재질의 우산을 맘대로 골라 쓸 수 있게 되었다.

우산에 유독 관심이 많은 나라는 유행과 패션의 나라 프랑스, 이탈리아를 비롯하여 자칭 신사의 나라 영국이다. 이들에게 있어 우산은 생활필수품인 동시에 패션의 주요 아이템이다. 그러기에 그들의 우산에 대한 사랑과 관심은 지대하다.

우리나라에서는 우산을 썼다고 집단폭행을 당한 적도 있다고 『독립신문』은 적고 있다. 120여 년 전 외국인 선교사가 우산을 썼다는 이유로 거리에서 몰매를 맞았다는 것이다. 이유는 밝히지 않았지만 짐작건대 유교문화가 팽배한 그 당시 우산을 쓰는 행위가 점잖지 못하다거나 위화감을 조성한다는 이유가 아니었을까 싶다.

우산 하면 떠오르는 추억들이 너무도 많다. 여러 형제가 비닐우산 하나를 차지하기 위해 새벽 일찍 일어나 숨겨 놓는가 하면, 우산 하나를 서로 차지하기 위해 실랑이를 벌이다 부서져 아무도 쓸 수 없는 지경이 되기도 하였다. 부실하기 그지없는 비닐우산에 의지해 비포장 시오리 길을 걸어가야 하는 등굣길에 세찬 바람을 만나 홀라당 뒤집어져 비를 옴팍 맞는가 하면 집에 돌아가 '끔찍한' 꾸중을 듣고 가족들로부터 공공의 적이 되기도 하였다. 지금은 우산이 너무도 흔한 물건이 되어 때로는 천덕꾸러기 노릇을 하기도 한다. 지하철이나 버스 같은 대중교통 시설이나 공원, 도서관, 학교, 교회 같은 공공장소에는 방치된 우산을 흔히 볼 수 있다. 예전 같으면 상상도 할 수 없는 사치다. 경제 수준이 급속도로 향상되면서 우산은 더 이상 귀한 물건이 아니다. 격세지감이 아닐 수 없다.

이제 우산의 문명학을 논할 차례다. 우산은 인간사에 있어서 수많은 추억을 생산했다. 내가 생각하기에는 아무리 흔하고 또 진화를 거듭한다고 하더라도 우산은 우리에게 계속적으로 추억을 남길 것이다. 우비도 우산과 같이 개인이 비를 피하는 도구지만 우산을 쓰는 경우처럼 인간적이지는 않다. 우비는 한 개인의 몸을 온통 감싸 외부와의 차단을 가져오지만 우산은 빗방울이 떨어지는 위만 막아 외부와의 소통을 허용하는 '허술함'이 있다. 또 우비는 혼자밖에 사용할 수 없지만 우산은 여럿이 함께 쓸 수 있는 '넉넉함'이 있다. 요컨대 우산은 인류에게 추억을 제공하며, 매우 인간적인 물건이다.

우산은 인간에게 사색할 여유를 제공한다. 누구나 우산을 쓰면 복잡한 생각을 하지 않는다. 매우 단순해진다. 우선은 비를 안 맞으려 노력하지만 어느 정도 안정화가 되고 나면 그때부터는 감상에 젖곤 한다. 내리는 비가 그렇고, 비를 가리는 우산 속의 내가 그렇게 된다. 추억을 떠올리고, 사랑을 생각한다. 로맨틱한 장면을 상상하고, 꿈이 현실이 되는 미래를 그려본다. 복잡다단한 일상으로부터 자유로워지는 시간이다. 근심 걱정보다는 낭만을 만나는 소중한 시간이다. 현대인에게 가장 결핍된 사색이 찾아오는 시간이다.

한편 우산은 인간에게 최소한의 노동을 강요한다. 우산은 남이 대신 들어줄 수 없다. 의전(儀典)으로 옆에서 잠깐 들어주는 경우는 있지만 계속해서 빗길을 함께 해줄 수는 없다. 좋든 싫든 오롯이 내가 감당해야 할 '노동'이다. 때로는 손끝 하나 까딱하고 싶지 않을 때도 비를 맞지 않으려면 어쩔 수가 없다. 비바람이 몰아치는 경우에는 우산을 받쳐 드는 일도 결코 쉽지 않은 노동이 된다. 그러기에 아무리 고귀한 신분을 가진 인간이라도 손수 우산을 받쳐 들고 빗줄기를 이겨내야 한다. 그래서 우산은 매우 민주적이다.

기원을 찾을 수 없을 정도로 인류와 함께해 온 우산이 원형을 거의 그대로 유지한 채 지금도 변함없이 인간의 손에 들려있는 걸 보면 '우비 말고' 우산은 개인이 비를 피하는 유일한 도구가 아닐까 싶다. 우산을 대체할 다른 대안이 없다는 얘기다. 인공지능, 4차 산업혁명 등 첨단과학이 난무하는 시대에 가장 원시적이고 고전적인 우산의 문명학을 논하자니 과학의 소용돌이에서 잠시 떠나 추억에 잠긴다. 밖을 보니 아직도 비가 내린다. ‖ 2020. 7. 13.

서툴러서 즐거운 낚시

천변에 낚싯대를 드리우고 건너편을 바라본다. 버드나무가 바람에 살랑이며 초록빛과 은빛을 번갈아 보여준다. 잠시 감상에 젖어 있는데 땅이 조금씩 흔들리더니 기적 소리를 내며 기차가 쏜살같이 지나간다. 잠시 후 건너편에 왜가리 한 마리가 우아한 몸짓으로 내려앉더니 나를 물끄러미 쳐다본다. 외로움이 덕지덕지 묻어나는 고독한 모습이다. 그림에서나 봄직한 풍경이 내 앞에 펼쳐져 있다.

내가 사는 동네에는 개천이 있어 가끔 낚시를 하러 나간다. 도심을 떠나 이곳으로 이사를 와서 보니 바로 집 앞에 적당한 너비의 개천이 흐르고 있어 얼마나 반가웠는지 모른다. 어릴 적부터 낚시가 무척 좋았다. 시골에서 자란 나는 동네 저수지로 낚시하러 오는 어른들이 그렇게 부러울 수가 없었다. 울퉁불퉁한 나뭇가지에 닭장 철사를 구부려 만든 낚시를 바느질 실로 연결해 아무런 규칙이나 원리도 없이 텀벙거리는 시골소년의 눈에 매끈한 대나무 낚싯대와 빛나는 낚싯바늘을 투명한 낚싯줄로 연결해 머리 뒤로 휘둘러 던지는 낚시꾼들의 낚시는 훗날 돈 많이 벌어서 꼭 해보고 싶은 버킷리스트 목록이 되었다. 한없이 볼품없고 비효율적이었지만 언제나 하고 싶고, 해도 해도 질리지 않는 그 놀이는 어른이 되어서도 늘 마음속에 추억으로 남아 있었다.

하지만 긴 세월이 흘러 모든 여건이 마련된 지금도 내가 하는 낚시는 여전히 말이 낚시지 차라리 사색을 하며 풍광을 즐기는데 더 가깝다. 우리가 익히 알 듯이 취미생활이라는 것도 격이 있다. 낚시를 전문으로 하는 사람들은 장비부터가 다르다. 어종과 장소에 따라 촘촘히 구분된 장비를 구입하여 세밀하게 손질을 해서 들고 나온다. 그러나 나는 그럴 생각이 전혀 없다. 전문 낚시꾼이 되어 얻는 즐거움보다 그로 인해 발생하는 손실이 더 크다고 판단하기 때문이다. 낚시 이외의 즐거운 일들이 널렸는데 낚시에만 올인하는 것도 원치 않는다. 과유불급(過猶不及)의 원리를 따르고 싶다.

내가 낚시를 하면서 하는 일은 대체로 이렇다. 낚시터에 도착하면 설렘이 있다. 얼른 자리를 잡고 채비를 펼친다. 전문 낚시꾼들은 릴낚시는 하지 않고 대낚시만 고집한다지만 나는 반대다. 현재는 릴낚시만 세 대를 펼쳐 놓는다. 낚싯대와 받침대를 펼치는 번거로움과 잔챙이가 잡힐 확률이 더 큰 대낚시는 지양한다. 간편하게 릴 대에 이미 장착된 묶음낚시에 미끼를 끼워 던져놓으면 그만이다.

그리고는 낚시터 주변을 청소한다. 낚시터에는 어딜 가나 크고 작은 쓰레기들이 널려 있는 게 보통이다. 사실 마음이 엄청 불편하다. 낚시를 진정으로 좋아하고 지속적으로 즐기려면 이래선 안 된다. 더 나아가서 날로 심각해지는 환경오염을 생각하면 있을 수 없는 일이다. 미리 준비해간 비닐봉지에 쓰레기들을 담아 정해진 수거장소로 옮겨놓고서야 비로소 제대로 자리를 잡고 앉는다.

기대감을 갖고 낚시에 집중해 본다. 지루하다 싶으면 좋아하는 음악을 듣거나 시를 읽으며 한가로운 시간을 보낸다. 생각나는 사람들과 통화를 하거나 SNS로 소통을 하며 망중한을 즐긴다. 이런 여건과 마음의 여유가 있음에 무한 감사한 생각이 드는 순간이다. 낚시가 주는 온갖 여유를 만끽하는 것이다.

낚시의 유래에 관해서는 수많은 설(說)이 있지만 그들의 견해를 요약하면 낚시는 인류가 지구상에 존재한 이래로 인간과 함께 해 왔다는 점이다. 수렵채취 시대에는 생계의 수단으로, 그 후로는 취미생활 또는 인격도야의 방편으로 낚시는 인간의 삶 속에 깊숙이 관여해 왔음에는 이론(異論)의 여지가 없다. 예로부터 문인묵객(文人墨客)들은 낚시와 관련된 수많은 시화(詩畵)를 남겼다. 공자는 조이불망(釣而不網, 낚시를 하되 그물질은 하지 않는다.)이라 하여 자연을 보호하는 정신과 군자의 낚시관을 설파하였다.

낚시꾼의 대명사가 된 고대 중국의 주(周)나라 문왕(文王) 때 산둥성(山東省) 사람 강태공(姜太公)은 웨이수이(渭水) 강가를 찾아 난세를 걱정하고 천하의 경륜을 탐구하면서 자연 속에서 유유자적하며 호연지기를 연마하였다. 그는 곧은 낚시로 물고기에는 마음이 없었고 사색에 잠기곤 하여 오늘날까지 '세월을 낚는' 낚시꾼으로 회자되곤 한다. 낚시를 하다가 문왕에게 등용되어 한 나라의 재상이 되었고, 훗날 무왕(武王)을 도와 은(殷)나라를 멸망시켜 천하를 평정하였으며, 그 공으로 제후(諸侯)에 봉해져 제(齊) 나라의 시조(始祖)가 되었다.

유럽에서의 낚시에 관한 기록도 흥미롭다. 그리스 신화에 나오는 용사 베라스가 처음 낚시를 시작하였다는 설도 있지만, 일설에는 아담의 셋째 아들인 셋(Seth)이 그의 아들들에게 낚시를 가르쳐 후세에 전한 것이라고도 한다. 구약성서의 예언서에도 낚싯바늘에 관한 이야기가 나온다. 이때의 낚시는 생존수단으로서 고기잡이를 목적으로 한 것이 분명하지만, 『플루타크 영웅전』에는 마르쿠스 안토니우스(Marcus Antonius)와 클레오파트라(Cleopatra)가 낚시를 즐긴 기록이 있다.

애초에 생계의 수단으로 시작된 것인지, 노동에서 벗어난 놀이로 시작된 것인지 유래는 확실하지 않지만 어느새 낚시는 물고기를 잡는 일 자체의 즐거움과 재미를 중시하는 여가활동으로 전환되었다. 300여 년 전에 쓰인 '낚시인의 바이블'이라 할 수 있는 아이작 월튼(Izaak Walton)의 『조어대전 釣魚大典, The Compleat Angler』에도 '명상하는 사람의 레크리에이션'이라는 부제가 붙어 있는 것으로 보아 낚시는 이미 생계의 수단은 아니다. 동양에서는 예로부터 "낚시터는 하나의 도장(道場)이며, 낚시는 참선(參禪)과도 같다."라고 하여 조선일여(釣禪一如)라고 하였다. 말하자면 낚시는 기다림의 예술이며, 호연지기를 기르는 수행으로써 삶의 활력소가 된다. 또한 낚시는 삶에 시달린 현대인이 자연 속에서 스트레스를 해소하고 복잡한 현실 세계를 벗어나 자연에 몰두하게 하는 묘미가 있다. 요컨대 낚시는 자연이 선사한 최고의 선물이다.

오늘날 낚시는 레저스포츠로 보편화되어 바야흐로 한국의 낚시 인구는 300만 명을 훌쩍 넘어섰다. 인간의 속성을 설명하는 수많은 표현 중에 가장 리얼하고 정직한 표현은 '호모루덴스(놀이하는 인간)'라고 생각한다. 인간이 하는 모든 일과 행위의 이유는 인생을 재미있게 향유하기 위해서다. 낚시는 물고기를 잡는 재미에 더해 풍류를 즐기는 운치까지 누릴 수 있는 매우 효율적인 놀이다. 환경을 오염시키지 않으면서 이 두 마리 토끼를 잡는 횡재를 오래오래 누리고 싶다. 낚시는 나에게 아주 적합한 레포츠다. 태풍이 지나가고 나면 어설픈 장비를 들고 집 앞의 개천으로 또 서툰 낚시를 나가련다. 벌써부터 그날이 기다려진다. ∥ 2020. 8. 26.

아~ 김치찌개여

영화를 보고 있는데 전화가 왔다. 우리 축구클럽이 오랫동안 이용하던 식당의 사장님이다. 나중에 연락드리겠다는 메시지를 남기고 영화를 보는데 뭔가 묘한 예감이 든다. 영화가 끝나고 전화를 했더니 밑도 끝도 없이 그동안 감사했단다. 무슨 일이냐고 물으니 잠시 망설이다가 하는 대답에 가슴이 철렁 내려앉는다. 코로나(COVID-19) 때문에 너무 힘들어 폐업을 하기로 했단다. 그런데 식당 하나가 문을 닫는데 왜 가슴이 철렁 내려앉는 거지? 순간 이런 생각이 스치면서 오랜 인연의 기억이 되살아난다.

김치찌개와 삼겹살을 주메뉴로 하던 식당이 있었다. 우리 클럽 초창기에 운동하는 곳에서 가까워 운동을 끝내고 우연히 찾아간 그곳의 김치찌개는 운동장에서 에너지를 대거 방출한 우리가 먹기에 안성맞춤이었다. 맛있고 푸짐한데 저렴하기까지 하니 가성비(價性比) 최고였다. 식사 인원이 줄잡아 20여 명씩 되니 비싼 음식은 언감생심이었다. 게다가 대부분이 대학생인 우리 팀의 사정에 딱 맞는 식당을 발견한 셈이다. 2005년부터 거의 매주 운동을 끝내고 대하던 푸짐하고 맛있는 김치찌개를 잊을 수가 없다.

월례회가 있는 날은 메뉴를 한 급 올려 삼겹살 파티를 하곤 했다. 사장님 말씀으로 이 집의 삼겹살은 대전 시내에서 두 집밖에 없는 '인증받은 포크'라 했던 기억이 난다. 정말 품질이 뛰어났다. 우리가 알기로 삼겹살의 등급은 천차만별이어서 맛과 식감도 각기 다르다. 한 달에 한 번 먹던 그 삼겹살의 추억도 새롭다.

그렇게 오랜 인연을 이어가던 중 어느 날 그 식당은 다른 식당으로 바뀌고 주인도 바뀌었다. 전용식당(?)을 잃은 아쉬움이 그지없었다. 때마침 우리의 운동장소도 먼 곳으로 변경되면서 그곳은 자연스럽게 기억에서 사라져 갔다.

몇 해가 지난 어느 날 모르는 번호로부터 전화가 왔다. 그러나 귀에 익은 목소리에 금세 알아차릴 수 있었다. "감독님, 잘 지내셨죠? 저 ㅁㅁ식당 하던 ○○○입니다. 우연히 가게 앞에서 ○○ 씨를 만나 너무 반가웠어요. 감독님 전화번호를 물어 전화드립니다. ○○ 씨 가게 맞은편에 다시 식당을 개업했어요." 맞은편에는 우리 축구클럽 회원이 얼마 전 셀프빨래방을 개업했던 터다. 예전의 그 식당은 아는 언니와 공동으로 운영했는데 독자적으로 새로 식당을 개업했단다. 이번엔 주메뉴가 동태찌개여서 상호도 'ㅁㅁ동태'지만 여전히 그 특유의 김치찌개도 한단다.

그 다음 주 당장 토요일 운동을 마치고 식사장소를 그곳으로 정했다. 우연의 일치지만 최근에는 다시 그 식당에서 그리 멀지 않은 곳에서 운동을 해 오던 터라 차로 15분 정도만 이동하면 갈 수 있었다. 어찌나 반갑던지 나이 든 남녀가 손을 잡고 껑충껑충 뛰다시피 해후의 기쁨을 나눈다. 깔끔한 인테리어와 주방 시스템이 예전의 식당과는 사뭇 다르다. 동태찌개와 김치찌개를 반반 섞어서 주문을 하니 개인별 돌솥밥에 푸짐한 찌개를 내온다. 예전의 추억이 되살아난다. 찌개에 들어가는 수제비를 손수 뜯어 넣어주는가 하면 면(麵) 사리는 서비스라며 추가해 준다.

매주 운동장이 바뀌는 관계로 매번 가지는 못했지만 다시 찾은 우리의 전용식당이라는 생각에 든든함마저 들었다. 가끔 찾아가면 여전히 친절하게 맞아주시고, 맛 나는 푸짐한 찌개를 끓여내는 사장님의 푸근한 인간미가 참 좋았다. 식당 주인과 고객의 관계가 아니라 떨어져 있던 반가운 가족을 만나는 분위기다. 중간에 공백이 좀 있었지만 통산 15년이 넘는 인연을 이어왔으니 말이다.

그토록 정든 식당이 폐업을 한다니 한없이 서운하다. 서운함을 넘어 가슴이 먹먹하다. 맛있는 음식이 문제가 아니라 오래된 인연의 단절이 더 안타까운 거다. 20~30대 총무에게 전화를 했다. 내일 점심시간에 시간 되는 사람을 조사해 보라고. 평일임에도 불구하고 10여 명이 가능하단다. 생각 같아서는 전원이 가서 식사를 하고 싶은데 급하게 소집을 하려니 어쩔 수 없다. 그나마 다행이다.

다음날 집을 나서다 문득 드는 생각 하나, 예쁜 꽃이라도 준비해서 석별의 정을 표하고 싶다. 다시 힘을 내라고 응원도 하고 싶다. 꽃집에 들러 선물할 꽃을 둘러본다. 예쁘고 화려한 꽃들이 많지만 꽃보다는 오래 두고 기르면서 우리의 인연을 생각하며 용기를 얻으라는 의미를 담아 화초 화분을 골랐다.

서둘러 식당에 당도하니 벌써 다들 나와 식탁에 둘러앉아 있다. 사장님이 반갑게 맞아주신다. 화분을 전달하니 의외의 선물에 몸 둘 바를 모른다. 추억이 될 인증샷도 한 장 남긴다. 사장님은 김치찌개에 제육볶음을 미리 준비해 놓으셨다. 신원을 밝히지 않고 예약을 했는데도 우리라는 걸 진즉에 눈치 챈 모양이다. 센스쟁이!

늘 먹어온 김치찌갠데 오늘은 뭔가 맛이 다르다. 편안한 맛이 아닌 조금은 '씁쓸한' 맛이라고나 할까. 억지 같지만 맛에도 쓸쓸함이 있다는 표현이 어울릴 듯하다. 앞으로 이 맛은 다시 볼 수 없다는 아쉬움과 경제적 어려움으로 인해 가게를 접어야 하는 딱한 사정이 묘하게 뒤섞인 맛 같다. 뒤늦게 우리 축구클럽에 들어온 회원들에게 우리의 인연을 얘기하니 쉽게 이해를 하면서도 신기해한다. 게다가 알고 보니 사장님은 뒤늦게 가입한 우리 젊은 회원 친구의 어머니란다. 세상의 인연이 참 묘하다.

식사를 마치고 식대를 계산하려니 완강히 거절한다. 그동안의 좋은 인연에 따뜻한 식사 한 끼 꼭 대접하고 싶단다. 어찌나 단호한지 막을 길이 없다. 순간 이게 무슨 상황인가 당황스럽다. 사실 마지막 단체식사로 조금이나마 위로를 드리고 싶어 기획한 일인데 도리어 폐를 끼치는 것 같다는 생각이 확 든다. 아쉬움에 송구함까지 더해 어찌할 바를 모르겠다.

의도가 빗나간 채로 우리의 인연은 이렇게 끝이 났다. 물론 언제 어디서 어떤 인연으로 또 만나게 될지 알 수 없지만 그 식당과 사장님, 그리고 우리 축구클럽의 인연은 일단 이렇게 일단락되는 셈이다. 코로나 팬데믹이 야속할 따름이다. 아쉬움과 안타까움은 물론이고 사라져 가는 우리의 인연이 슬프게 다가오는 건 나만의 느낌일까. 두고두고 생각이 맴돈다. 순간 머리를 스치는 한 문장이 석별의 모든 걸 대변한다. "아~ 우리의 김치찌개여!"

‖ 2020. 11. 12.

눈을 치우며

제법 많은 눈이 내렸다. 반가운 마음에 서둘러 채비를 하고 문을 나서니 한기(寒氣)가 매섭다. 눈이 반가운 이유는 오랜만에 보는 겨울의 전령이어서도 그렇지만 또 다른 이유가 있다. 야심 차게 준비해 놓았던 제설장비가 다시 빛을 보게 되었기 때문이다. 작년에는 한 번도 눈다운 눈이 내리지 않았기에 제설장비를 사용할 일이 없었다. 6년 전 이곳으로 이사를 오자마자 제설장비를 구입했다. 전에 살던 대전에 바로 인접해 있지만 평균 기온이 3~4도나 낮고 눈도 많이 온다는 정보를 입수했고, 이참에 적어도 우리 동(棟)의 눈은 내가 치워야겠다는 다짐을 했던 것이다.

공동주택에 살면서 우리는 어느새 내 집 앞의 눈을 다른 사람이 치워주는 것을 당연시하며 살고 있다. '내 집 앞 눈 치우기'도 남의 얘기다. 물론 아파트라는 게 관리비를 받고 주택과 주변 시설을 관리해 주는 시스템이긴 하지만 몇 명 안 되는 관리실 직원이 그 넓은 단지를 관리하는 일이 결코 쉽지 않을뿐더러 때로는 너무 가혹하다는 생각이 들곤 한다. 더구나 요즘은 인건비를 한 푼이라도 줄이기 위해 관리 인력을 최대한 줄여나가는 추세라서 더욱 그렇다.

제설장비를 구입하고 보니 마땅히 둘 곳이 없었다. 생각 끝에 우리 집 문 앞 구석에 세워두는 것이 최상이라는 결론에 도달하였다. 장비라야 플라스틱으로 된 널찍한 넉가래와 삽, 그리고 대나무 빗자루가 전부다. 첫해에는 눈이 자주 내려 장비 가동률이 매우 높았다. 높은 가성비(價性比)를 체감하며 뿌듯했다. 이듬해부터 차츰 눈이 적게 와서 한 해 겨울에 한두 번 사용하고는 구석에 세워놓는 처지가 되고 말았다. 작년에는 한 번도 눈을 치워야 할 만큼 내린 적이 없었다. 한두 번 몇 방울 흩날리다 만 게 전부였다.

언젠가는 그 제설장비가 갑자기 사라진 적이 있었다. 궁금해하던 차에 건물 내부를 청소하는 아주머니를 우연히 마주쳐 여쭤 보았더니 약간 얼버무리시면서 당신께서 치웠다는 투로 말씀하시는 게 아닌가? 정확한 이유와 경위는 알 수 없었지만 다소 당황하면서 쑥스러워하시기에 그러냐고 하며 다시 사겠노라고 했더니 다시 돌려주겠다고 하시는 게 아닌가? 아마 특별히 사용하지도 않는 장비들이 늘 구석에 세워져 있으니 치워야겠다고 생각하신 모양이다. 그 다음 날, 그 자리에는 전의 것보다 조금 부실한 장비들이 세워져 있었다. 짐작컨대 이전 것들을 처분하고 나서 새로 구입하려니까 똑같은 게 없었던 모양이다. 결과가 이렇게 되고 보니 괜히 말씀드렸나 싶어서 되게 미안했던 기억이 있다.

묵묵히 자리를 지키고 있던 제설장비를 오랜만에 사용하려니 다소 낯선 느낌이 든다. 현관문을 나서니 눈보라가 몰아쳐 뺨을 때린다. 일단 빗자루로 문 앞 계단을 쓴 다음 인도와 야외주차장에 넉가래로 길을 낸다. 그리고는 그 길 양쪽으로 눈을 밀어내는 노동이 꽤 오래 계속된다. 넉가래를 사용하기 곤란한 구석이나 좁은 곳은 삽으로 대신하고 빗자루로 마무리하는 반복 작업이다. 꽤 넓은 지역이지만 수북한 눈이 정리되어 가는 걸 보면 흐뭇하다.

눈을 치우는 일은 힘이 들지만 여러 가지 유익한 점이 있다. 우선, 상당한 운동 효과가 있다. 기본적으로는 팔을 주로 사용하지만 허리와 어깨, 그리고 등 근육과 다리의 지지가 없이는 불가능하므로 전신운동이 되는 셈이다. 게다가 적당히 몸을 덥혀 주어 신진대사를 활발하게 해 주는 효과도 있다. 둘째, 게으름을 이겨내고 보람을 느끼게 하는 정신적인 효과가 있다. 추우면 자연히 활동이 움츠러들고 게을러지게 마련인데 추위와 게으름을 떨쳐내고 나와 이웃의 편의와 안전을 위해 내 몸을 사용한다는 뿌듯함을 누릴 수 있다.

그러나 뭐니 뭐니 해도 나에게 있어 눈을 치우는 일은 내 어릴 적 아름다운 추억을 소환하는 정서적 효과가 가장 크다. 내 고향은 말이 충청도지 강원도에 인접해 있는 고지대 산악지역이라 겨울이면 엄청나게 눈이 내렸다. 겨울에는 온통 눈으로 뒤덮인 설국(雪國)이다. 동네서 제일 높은 곳에 자리한 우리 집에서 눈 덮인 마을을 내려다보던 기억이 지금도 생생하다. 집을 병풍처럼 둘러친 뒷산에 올라 아랫마을뿐 아니라 멀리 바라다보이는 크고 작은 산들을 조망하는 일은 내게 얼마나 큰 기쁨이었는지 모른다. 모든 것이 넉넉지 못한 여건이었지만 그런 것들을 통하여 그나마 호연지기를 기를 수 있었을 거라 짐작된다.

어떤 날은 안마당에서 본채로 이어지는 기단(基壇) 높이와 나란히 눈이 내린 적도 있었다. 그런 날이면 부모님과 8남매가 모두 달려들어 눈과의 전쟁을 치르곤 했다. 예나 지금이나 눈을 치우는 기본 장비가 넉가래인데 그 당시에는 주로 집에서 나무로 제작하여 사용하였다. 지금 생각하면 이해할 수 없는 노릇이지만 폭이 좁고 일자로 되어 있어 힘은 힘대로 들고 능률은 오르지 않는 구조였다. 말하자면 장비 생산성이 매우 낮은 원시적 도구였다. 삽도 요즘처럼 넓고 구부러진 평삽이 아니라 끝이 뾰족하고 좁으며, 삽자루와 거의 일자로 되어 있어 노동 강도는 엄청 세고 능률은 아주 낮은 구조였다. 하지만 온 식구가 함께 눈을 치우며 웃고 떠들던 그때가 그립다.

우리 집 구조는 안채와 사랑채, 그리고 광채가 있는 큰 집이었는데 안채와 사랑채 사이에 안마당이, 안채와 광채 사이에 뒷마당이, 그리고 대문을 벗어나 사랑채 바깥쪽으로 큰 바깥마당이 있어 제설 작업면적이 상당했다. 그 넓은 공간에 무릎까지 내린 눈을 그 부실한 도구들로 치우는 일은 결코 쉬운 일이 아니었다. 삽과 넉가래로 마당 가운데로 눈을 밀어 넣으면 그 뒤로 비질을 하며 따라 붙는다. 그렇게 해서 형성된 왕릉보다 더 큰 눈 더미의 눈을 삽으로 퍼서 지게에 담아 그걸 대문 밖 멀리 밭에까지 지고 가서 쏟아 붓는 작업이다. 중간중간 벌어지는 눈싸움으로 잠시 애증의 구도가 형성되기도 하지만 가족 간에나 있을 수 있는 특별한 장면이 연출되곤 하였다.

더 힘든 것은 죽어라고 눈을 치우는데도 눈은 여전히 쌓여만 갈 때가 있다. 계속해서 눈이 내리는 것이다. 이런 날은 오전 내내 눈을 치우고 나서 가마솥에 들기름을 두르고 남은 밥을 다 쏟아 붓고 김치를 넣어 들들 볶아먹은 다음 오후까지 종일 눈만 치워야 했다. 6남 2녀가 한 술이라도 더 먹으려고 아귀다툼을 했지만 마당까지 진동하던 그 구수한 김치볶음밥 냄새를 잊을 수가 없다. 힘들었지만 즐거운 제설작업을 끝내고 형제들끼리 사랑방에 모여 앉아 고구마를 깎아 먹던 그때가 그립다. 나에게 있어 눈을 치우는 일은 건강한 육체와 정신, 거기에 정서적 만족감까지 선사하는 겨울철 선물이다. 눈을 치우며 아득한 어린 시절의 추억을 떠올린다. 드나들 때마다 집 앞에 세워진 제설장비를 보며 올겨울도 적당한 양의 눈이 자주 내리길 소망해 본다. ‖ 2020. 12. 27.

'황제'와 '흙신'을 넘어

조코비치(34, Novak Djokovic, 세르비아, 세계랭킹 1위)가 특유의 '라켓 집어던지고 벌러덩' 세리머니로 우승을 알렸다. 오늘(한국 시간) 런던 윔블던의 '올 잉글랜드클럽'에서 끝난 '2021 윔블던테니스 대회' 남자단식 결승에서 조코비치는 베레티니(25, Matteo Berrettini, 이탈리아, 9위)를 세트스코어 3:1로 물리치고 정상에 올랐다. 4대 메이저 대회(호주오픈, 프랑스오픈, US오픈, 윔블던) 스무 번째 우승을 달성함으로써 마침내 나달(35, Rafael Nadal, 스페인, 3위), 페더러(40, Roger Federer, 스위스, 8위)의 최다우승 대열에 합류했다.

구 분	나달	페더러	조코비치
〈호주오픈〉	1	5	9
〈프랑스오픈〉	13	1	2
〈US오픈〉	4	6	3
〈윔블던〉	2	8	6
전 체	20	20	20

조코비치는 앞서 열린 호주오픈, 프랑스오픈에 이어 윔블던까지 올해 열린 3개의 메이저 대회를 모두 휩쓸었다. 이제 남은 US오픈에서 우승하면 한 해 메이저 4개 대회를 석권하는 '캘린더 그랜드 슬램(Calendar Grand Slam)'을 달성하게 된다. 지금까지 이를 달성한 선수는 1938년 돈 버지(John Donald Don Budge, 미국)와 1962년, 1969년 로드 레이버(Rodney George Rod Laver, 호주) 두 명뿐이다. 물론 US오픈에서마저 우승하게 된다면 그는 메이저 대회 21회 우승으로 페더러와 나달을 제치고 최다 우승자로 올라서게 된다. 또 만일 그가 코로나-19로 연기되어 이번 여름에 열리는 '2020 도쿄올림픽'까지 석권하게 된다면 남자 테니스 사상 최초로 한 해에 4대 메이저 대회와 올림픽까지 우승하는 '골든 글랜드 슬램(Golden Grand Slam)'이라는 전대미문의 업적을 이루게 된다. 여자 테니스에서는 1988년 슈테피 그라프(52, Stefanie Maria Graf, 독일)가 골든 그랜드 슬램을 달성한 바 있다.

현존하는 테니스의 달인(達人) 나달, 페더러, 조코비치 모두 테니스 선수들의 꿈인 메이저 대회 우승을 무려 스무 번이나 달성함으로써 명실상부 테니스의 '춘추 3국 시대'가 열렸지만, 앞으로의 행보에서 조코비치가 객관적으로 유리할 거라고 본다. 그 이유는 무엇보다도 셋 중에서 그가 가장 젊다는 사실이다. 40대에 진입한 페더러는 이변이 없는 한 서서히 하향세에 접어들 것으로 보이며, 나달은 조코비치보다 한 살이 많지만 체력을 앞세워 많이 뛰는 경기 스타일이어서 체력소모가 상대적으로 빨리 올 거라는 예측이 가능하다. 게다가 조코비치는 경기 운영이 영리하고 샷은 예리해서 체력을 적게 소모하면서 상대의 체력을 방전시키는 지략의 소유자다. 이들 외에도 우수한 선수들이 많이 있어 수시로 추격전이 펼쳐지겠지만 이들 셋의 경쟁에서는 조코비치가 상당히 유리할 것으로 보인다.

그런 그도 2007년 스무 살에 처음으로 메이저 대회인 US오픈 결승전에서 당시 메이저 대회 11승을 달리던 슈퍼스타 페더러를 만나 너무나 긴장한 나머지 위축된 경기로 우승을 내준 아픈 기억을 갖고 있다. 2008년 호주오픈에서 우승하였지만 그 후 우승 기록이 없다가 2010년 US오픈 결승에 올랐다. 하지만 당시 메이저 대회 8승으로 전성기를 구가하던 나달을 만나 준우승에 그치고 말았다. 조코비치는 2013년 자신의 저서 『이기는 식단(원제 Serve to win)』에서 그때를 이렇게 회상했다. "세상에는 최고의 테니스 선수가 두 명 있었다. 페더러와 나달, 그들은 일류였고, 나는 이류

어딘가에 멈춰 있었다."

그는 그때부터 급격하게 저하되는 체력을 보완하기 위해 식단을 바꿨다. 지방이 많고 소화가 잘되지 않는 피자, 파스타, 유제품, 설탕 등을 끊었다. 또 멘탈을 강화하기 위해 매일 명상을 하면서 집중력을 높여 나갔다. 체력과 멘탈이 보강되자 받기 힘든 날카로운 샷도 끝까지 쫓아가 받아내는 플레이가 가능해졌다. 이는 차츰 코트 장악력으로 이어져 나달과 페더러를 두려워하지 않는 일류로 탈바꿈했다. 조코비치의 꿈은 일류선수가 되는 게 아니라 세계 제1의 테니스 선수가 되는 것으로 변했다. 그 후 우상처럼 보이던 나달, 페더러와 팽팽한 경쟁을 이어오면서 착실히 포인트를 쌓아온 그는 지금 페더러와 나달을 넘어서기 직전에 와 있다. 슬럼프와 손목 부상 등 어려움이 있었지만 피나는 노력으로 이를 극복하고 랭킹 1위 자리를 지키며 세계 제1의 테니스 선수가 되는 꿈은 일단 이루어졌다.

그는 "페더러와 나달이 있었기에 내가 보완해야 할 점을 알게 됐다. 정신적으로, 신체적으로, 또 전술적으로 더 강해질 수 있었다."라며 라이벌들에게 고마워했다. 앞으로 나달, 페더러, 조코비치 세 선수가 펼쳐나갈 남자테니스의 '춘추 3국 시대'가 기대된다. 난 개인적으로 나달을 좋아하지만 앞으로는 조코비치의 우세 쪽으로 조금은 더 배팅할 수밖에 없을 듯하다. 그 이유는 나달이 총 스무 번의 우승 가운데 열세 번을 클레이 코트인 프랑스오픈에서 우승함으로써 클레이 코트에서 유독 우세를 보이는 경향이 있고, 페더러는 조코비치와 비슷하게 프랑스오픈을 제외하고 골고루 우승했지만 나이가 걸림돌이 될 것으로 보여 다소 불리한 조건이다. 2007년 이래 나달과 페더러의 벽에 부딪혀 좌절하고 그들을 동경하며 절치부심 달려온 조코비치가 '흙신' 나달과 '황제' 페더러를 넘어 그가 꿈꿔온 세계 제1의 테니스 선수로 우뚝 설 수 있을지 주목된다. 당연히 그들의 경기는 놓칠 수 없다. 그들이 코트에서 보여주는 우정도 아름답다. 어쩌면 그것이 스포츠가 우리에게 선사하는 더 큰 선물인지도 모른다. 다가오는 그들의 빅매치가 벌써부터 기다려진다.

‖ 2021. 7. 12.

축구, 환희와 좌절의 드라마

꿈인지 생시인지 요란한 소리가 울린다. 가까스로 몸을 일으킨다. 새벽 4시. 오늘은 특별한 날이다. '유로 2020(2020 UEFA European Football Championship)' 결승전이 열리는 날이다. 시차 때문에 곤혹스러운 시간이긴 하지만 라이브로 빅매치를 지켜볼 수 있다는 설렘으로 거뜬히 받아들일 수 있다.

이번 유로대회는 신종 코로나 바이러스 감염증(COVID-19) 팬데믹으로 1년 연기하여 올해 2021년에 열리고 있다. '유럽축구연맹(UEFA)'이 주관하는 유로대회(유럽 축구 선수권 대회, 1964년 대회까지는 '유럽 네이션스 컵 대회'라 명명)는 1960년 프랑스에서 처음 개최된 이래 월드컵과 2년 간격으로 엇갈리게 4년마다 열리는 유럽의 국가대항전이다. 세계 축구 강국들이 대부분 유럽에 모여 있고, 유럽 축구가 현대 축구의 흐름인 체력과 압박을 바탕으로 하는 추세여서 어떤 면에서는 월드컵보다도 수준이 높은 대회로 평가받고 있다. 한 달간 진행되는 대회 기간만 보더라도 이 대회의 권위와 규모를 짐작할 수 있다. 월드컵 대회 기간과 똑같다. 이런 대회의 결승전이라면 세계축구의 최강을 가리는 대회라 해도 과언이 아니다.

잉글랜드와 이탈리아가 맞붙은 결승전은 두 팀 모두에게 승리가 너무나 간절하다. 축구 종주국을 자처하는 잉글랜드는 1966년 월드컵에서 우승한 이후 메이저 대회에서 우승경력이 없다. 1996년 유로대회를 개최했던 잉글랜드는 1966년 월드컵 우승(당시는 영국) 이후 30년 만에 메이저 대회 우승이자 사상 첫 유로대회 우승을 노렸다. 잉글랜드 축구 팬들은 축구 종주국 잉글랜드로 우승컵이 돌아온다는 의미를 담은 응원가 'Football is coming home'을 목청껏 부르며 잉글랜드의 우승을 염원했지만 준결승전 축구의 성지로 불리는 웸블리구장에서 독일과 1:1 무승부를 기록하고 승부차기까지 가는 혈투 끝에 패배함으로써 실패로 돌아갔다. 현대 축구의 근간을 만든 잉글랜드가 유럽 챔피언 경험이 없다는 것은 아이러니다. 이번 '유로 2020' 4강에 오른 팀 중에서도 잉글랜드는 유일하게 우승 경험이 없는 팀이다. 하지만 이번엔 좀 다르다. 세계적인 스포츠 베팅 업체들은 잉글랜드를 우승 확률 1위 팀으로 평가하고 있다. 강력한 우승후보 이탈리아보다 잉글랜드의 전력이 오히려 강하다는 평가가 대부분이다.

한편 이탈리아는 월드컵 4회 우승에 빛나는 명실상부한 축구 강국으로, 1968년 이미 유로대회 우승을 경험한 소위 '결승전 도사'다. 필요할 때 그에 맞는 능력을 발휘하여 승리를 거머쥘 줄 아는 '매직'이 있다. 그러나 유로대회에서 우승한 지 너무 오래되었다. 당연히 우승이 간절하다. 53년 만에 유로대회 우승을 노리는 이탈리아 팀의 스쿼드도 잉글랜드에 결코 뒤지지 않는다. 더구나 이탈리아는 잉글랜드와의 중요한 경기에서 패한 적이 없어 자신감으로 충만해 있다. 2018 러시아 월드컵 본선진출에 실패한 이탈리아의 구원 타자로 2018년 5월 감독으로 부임한 만치니(Roberto Mancini) 감독은 적절한 세대조화를 통해 이탈리아를 단숨에 강팀으로 변모시켰다. '빌드업은 느리게, 공격은 빠르게, 공수전환은 확실하게'라는 특유의 플레이 스타일을 정착시켜 스쿼드에 관계없이 전형을 유지해 나가며 안정감을 갖게 되었다. 그 결과 A매치 34경기 연속 무패(27승 7무)라는 놀라운 기록을 이어가고 있다. 이번 대회에서도 예선부터 본선까지 16전 전승으로 결승에 올라와 자신감으로 충만해 있다.

이러한 이유로 두 팀 간의 결승전은 축구라기보다 차라리 전쟁이라 할 만큼 치열한 공방전이 예상된다. 유로대회 창설 60주년을 맞아 유럽 11개국 12개 도시에서 분산 개최된 이번 대회는 영국 런던의 웸블리 스타디움에서 준결승전과 결승전을 치르도록 되어 있어 결승에서 잉글랜드의 홈어드밴티지가 어느 정도 작용할지 두고 볼 일이다. 과연 '앙리 들로네(Henri Delaunay)' 트로피는 축구의 고향으로 돌아올 수 있을까?

일단 TV를 켜고 고양이 세수로 정신을 가다듬어 본다. 벌써 킥오프, 그라운드는 함성과 열기로 들끓고 있다. 경기에 채 집중하기도 전 캐스터의 샤우팅이 길게 이어진다. 사단(事端)이 난 것이다. 경기 시작 2분 만에 골이 터졌다. 잉글랜드 오른쪽 윙백 트리피어(Kieran Trippier, 아틀레티코 마드리드)의 크로스를 왼쪽 윙백 루크 쇼(Luke Paul Hoare Shaw, 맨체스터 유나이티드)가 달려들면서 하프발리로 슛한 볼이 빨랫줄처럼 골문으로 빨려 들어가는 순간 환호와 탄식이 뒤섞여 난리가 났다. 이동국 해설위원의 말이 흥미롭다. "정말 대단하네요. 나도 발리슛에는 자신 있지만 원 바운드된 볼을 발등에 정확히 맞히기는 쉽지가 않거든요!" 그렇다. 하프발리 슛은 결코 쉽지 않다. 더구나 반대편에서 길게 날아오는 볼을 바운드되자마자 높이 뜨지 않게 슛하는 것은 고도의 어려운 작업이다. 정확한 타이밍과 임팩트 능력이 없이는 불가능하다. 이번 대회에서 눈부신 활약을 보이며 공격적인 윙백으로 각광 받고 있는 루크 쇼의 '쇼 타임'이 시작되는 건가? 아니, 유로 결승전에서 이렇게 이른 시각에 골이 터지다니. 더 집중해야겠다. 화면에서 눈을 떼어서는 안 된다.

이토록 중요한 경기에서 일찌감치 선제골을 넣은 잉글랜드가 (본능적으로) 수비를 내리자 서서히 이탈리아의 볼 점유가 많아진다. 그야말로 치고받는 치열한 공방전이 오가며 전반이 마무리되고, 후반전에 접어들었다. 우승에 굶주린 전사들은 몸을 사리지 않는 투혼과 눈부신 퍼포먼스로 결승전의 진면목을 보여준다. 마침내 점유율을 70%까지 끌어올린 이탈리아와 수비로 깊숙이 내려앉은 잉글랜드의 치열한 공방이 오가던 후반 22분 웸블리구장이 다시 술렁이기 시작했다. 이탈리아의 코너킥 상황에서 베라티(Marco Verratti, 파리 생제르맹)의 헤딩슛을 골키퍼 픽포드(Jordan Lee Pickford, 에버턴)가 가까스로 펀칭한 볼이 골대 맞고 흘러나오자 문전 쇄도하던 보누치

(Leonardo Bonucci, 유벤투스)가 밀어 넣음으로써 기어코 동점골을 만든다. 이탈리아 관중석은 순식간에 열광의 도가니로 빠져든다. 나도 덩달아 가슴이 뛰기 시작한다. 잉글랜드 팬들은 충격에 휩싸여 무거운 침묵이 흐른다. 슬픔을 이기지 못해 눈물을 흘리는 이들도 눈에 띈다. 보누치는 엔드라인을 넘어 A보드로 뛰어올라 양팔을 올려 '나 잘났지?' 세리머니로 절치부심 후의 환희를 표한다.

전후반 90분간 1:1로 승부를 가리지 못한 양 팀은 결국 연장 30분에 돌입하였지만 체력이 고갈된 선수들은 제 능력을 충분히 발휘하기에는 뭔가 부족함을 드러낸다. 연장 후반이 끝나기 직전 잉글랜드 사우스게이트(Gareth Southgate) 감독은 래시포드(Marcus Rashford, 맨체스터 유나이티드)와 산초(Jadon Sancho, 보루시아 도르트문트)를 교체 투입한다. 승부차기에 대비한 포석이다. 참고로 사우스게이트 감독은 지금 해설을 하고 있는 이동국이 EPL(English Premier League) '미들즈브러 FC'에서 뛸 당시 감독이었다.

연장에서도 승부를 가리지 못한 후 이어지는 승부차기는 그야말로 피를 말리는 경쟁이다. 오죽하면 '러시안 룰렛'이라 하겠는가? 내심 교체로 투입한 래시포드와 산초의 활약이 궁금해진다. 대개 승부차기에서는 평소 킥에 장점이 있고, 훈련에서 페널티킥 성공률이 높은 선수를 키커로 지명하는 법이어서 이들의 투입에는 당연한 스탯(Statistics)이 있을 거라 짐작은 간다. 하지만 축구는 통계치대로 굴러가는 게 아니다. 절체절명의 순간에 심리적 부담감을 얼마나 잘 이겨내고 자신의 능력을 발휘하느냐가 더 중요하다. 말하자면 멘탈이 더 중요하다는 얘기다.

모두가 긴장된 순간, 드디어 룰렛 게임이 시작된다. 통계적으로 실패보다는 성공의 확률이 훨씬 높은 페널티킥이긴 하지만 메이저 대회의, 그것도 결승전에서 맞는 그것은 차원이 다르다. 긴장감이 역력한 선수들 얼굴에서 엄청난 중압감이 느껴진다. 이탈리아 선축으로 시작된 승부차기에서 양 팀 1번 키커가 긴장감을 떨쳐내고 무난히 성공시켰지만 이탈리아의 2번 키커 벨로티(Andrea Belotti, 토리노)가 실축하며 잉글랜드의 승리가 좀 더 가까이 다가오는 듯하다. 잉글랜드 2번 키커 매과이어(Jacob Harry Maguire, 맨체스터 유나이티드)가 성공하자, 자국 팬들은 난리가 났다. 하지만 이탈리아의 3번 키커 보누치는 성공시켰지만 잉글랜드 래시포드의 슛이 골포스트를 맞힘으로써 2:2 동률이 된다. 남은 두 명씩의 시도에서 승패가 판가름하게 된다. 이탈리아의 4번 키커 베르나르데스키(Federico Bernardeschi, 유벤투스)가 골을 성공시키자 잔뜩 긴장한 잉글랜드의 4번 키커 산초가 또 실축, 이탈리아의 마지막 키커가 성공하면 경기는 이탈리아의 승리로 끝난다. 그러나 이게 웬일인가? 축구의 신은 싱거운 승부를 싫어하는 건가? 이탈리아의 마지막 키커 조르지뉴(Jorge Luiz Frello Filho, 첼시)가 골키퍼를 속이는 일명 '깡충 킥'을 시도하지만 골키퍼 선방에 막히고 만다. 다시 실낱같은 희망이 생긴 잉글랜드의 마지막 키커에게 승패가 달렸다. 그런데 이 무슨 운명의 장난인가? 그는 공교롭게도 잉글랜드의 막내 부카요 사카(Bukayo Saka, 아스널)다. 만 20세가 채 안 된 약관의 신예가 '유로 2020' 결승전 승부차기의 마지막 키커라니. 그것도 승부를 다시 시작하느냐, 여기서 패하고 마느냐 하는 절체절명의 순간을 맞이하다니. 아마 그의 심장은 지금 심하게 고동칠 것이다. 긴장한 모습이 너무나 역력해 보이더니 뛰어 들어가는 스텝이 보기에도 생각이 무척이나 많아 보인다. 아니나 다를까. 골키퍼가 왼쪽으로 다이빙하는 손에 걸리고 만다. 이걸로 끝이다. 3:2 이탈리아의 승리, 우승이다.

얼굴을 감싸 쥐고 어찌할 바를 모르는 사카는 얼음이 되고 만다. 세 명의 키커가 연거푸 실축이라니 상상도 하기 싫은 결과일 거다. 승부차기에 대비한 래시포드와 산초의 투입, 부카요 사카를 마지막 키커로 지정한 사우스게이트 감독의 승부수는 공교롭게도 모두 실패로 돌아갔다. 파란만장했던 3시간여의 드라마에 마지막 환희와 좌절이 웸블리를 물결친다. 피 말리는 승부에서 승리를 그것도 메이저 대회 우승이라는 엄청난 성취를 얻어낸 이탈리아는 환희를, 젖 먹던 힘까지 다 짜내며 육체와 정신의 한계까지 소진했지만 운명의 덫을 넘지 못한 잉글랜드는 한없는 좌절을 곱씹고 있다. 지켜보는 내게도 이 순간의 감동과 애잔함이 가시지 않는다. 스포츠에는 명암이 있고, 환희와 좌절이 있으며, 감동과 애잔함이 함께 있다. 이 맛에 스포츠를 하고, 이 맛에 본다. 오래오래 간직하고 싶은 순간이다.

보누치는 경기가 끝나고 카메라를 향해 "It's coming Rome!"이라고 외침으로써 이제 축구가 이탈리아로 오고 있음을 역설하였다. 축구종가를 자처하며 "Football is coming home."을 외치던 잉글랜드의 응원을 빗댄 절묘한 메타포다. 축구에 문학이 있고, 철학이 깃들어 있다. 아, 멋진 축구여! 축구선수여!

이 경기의 MOM(Man Of the Mach)은 동점골을 넣은 보누치가, 대회 MVP는 돈나룸마(Gianluigi Donnarumma, AC밀란)에게 돌아갔다. 돈나룸마의 MVP 수상은 22세의 어린 나이에도 불구하고 유로대회 사상 최초로 골키퍼가 수상하는 기록을 세웠다. 그는 승부차기에서 선방했을 때도, 심지어는 우승한 후에도 아무 세리머니 없이 골대 옆으로 덤덤하게 걸어가서 화제가 되기도 하였다. 인터뷰에서 그는 우승한 줄 몰라 어떤 세리머니도 하지 않았다 하니 그만큼 집중하고 있었는지 아니면 너무 얼떨떨하여 미처 감정표현을 못 한 건지 알 수가 없다. 돈나룸마는 만 43세의 나이에도 불구하고 현역으로 뛰고 있는 부폰(Gianluigi Buffon, 파르마)에 이어 이탈리아 골문을 10년 이상 책임질 명수문장이 될 수 있는 길을 열었다. 부폰은 1997년부터 2018년까지 성인대표팀에서 무려 21년간 A매치 176경기를 뛰면서 수많은 기록과 업적을 남긴 이탈리아 축구의 전설이다.

이번 대회에서 눈여겨볼 또 한 명의 선수를 꼽는다면 키엘리니(Giorgio Chiellini, 유벤투스)다. 1984년생인 그는 우리 나이로 38세다. 하지만 이번 대회에서 그가 보여준 엄청난 에너지와 체력은 20대 초반의 신예들을 능가했다. 수비수였지만 볼이 있는 곳에는 어디에나 그가 있었고, 리더십도 뛰어나 계속해서 후배들의 도전을 북돋우며 전후방에서 경기를 지휘하는 그라운드의 감독이었다. 동점골도 그의 적극적인 경합상황에서 베라티에게 헤딩 기회가 왔으며, 그게 마침내 골로 이어졌다. 그야말로 토털 사커의 모범을 보여주었다. 유벤투스에서도, 국가대표팀에서도 보누치와 '센터백 듀오'로 호흡을 맞추고 있는데 그들의 나이는 만으로 해도 도합 71세다. 대단한 노익장이다.

'유로 2020' 대회가 막을 내렸다. 대회 초반 조별 예선경기에서 심정지로 쓰러진 덴마크의 에이스 에릭센(Christian Eriksen, 인터밀란)은 축구팬들을 경악시켰으나 신속한 응급처치로 생명을 구해냈다. 동료들이 보여준 지혜로운 대처와 끈끈한 우정에 가슴이 뭉클하였다. 위급한 상황을 넘기고 퇴원한 에릭센은 경기장을 찾아와 동료들을 응원하고 용기를 불어넣은 결과 덴마크는 단합된 힘으로 4강에 오르는 기염을 토했다. 참으로 인간적이고 아름다운 축구의 면모를 보여준 장면들이다. 축구가 진화하고 평준화되어 절대 강자도 절대 약자도 없는 형국이다.

전반적으로는 '유로 2020'을 이렇게 요약할 수 있겠다. 우선, 빠른 공수전환을 들 수 있다. 지루한 공격 템포와 걷어내기에 급급했던 과거의 수비행태는 찾아볼 수 없다. 어떤 때는 공격에서 수비로, 수비에서 공격으로의 전환속도가 어찌나 빠른지 정신이 없을 정도다. 둘째, 윙백의 공격가담이 매우 빈번하고 중요해졌다. 기회만 있으면 윙백이 오버랩을 시도하여 크로스를 올림으로써 득점기회를 제공한다. 측면의 수비수가 수시로 공격에 가담함으로써 공격 작업에 있어서 순간적으로 수적인 우위를 확보함으로써 유리한 상황을 만들고, 다시 빠르게 수비로 복귀함으로써 공수 밸런스를 유지한다. 특히 윙 포워드가 안쪽으로 이동할 경우 윙백은 측면을 치고 올라가고, 반대쪽 측면과 나머지 자원들은 역습에 대비하는 패턴이 대세다. 당분간 세계축구의 트렌드가 될 것으로 보인다.

'유로 2020' 결승전을 보면서 60대 중반의 내가 이토록 가슴이 뛰는 걸 보면 축구가 우리에게 보여주는 환희와 좌절의 드라마는 그 어떤 예술작품으로도 구현할 수 없을 거라는 생각이 든다. 인류가 만들어낸 최고의 드라마는 지구촌 곳곳에서 오늘도 계속되고 있다.

‖ 2021. 7. 12.

메달에서 감동으로

우려와 기대 속에 치러진 '2020 도쿄올림픽'이 17일간의 일정(7. 23. ~ 8. 8.)을 모두 마치고 폐막했다. 작년 초 시작된 코로나(COVID-19)가 전 세계를 강타하면서 올림픽이 1년 연기되어 금년에서야 열리게 되었다. 그것도 팽팽한 찬반 여론을 무릅쓰고 말이다. 여론은 물론 IOC(올림픽조직위원회)조차도 개최에 엄청난 부담을 안고 개최와 연기를 고심한 끝에 1년 연기하여 개최되었다.

29개 종목에 걸쳐 선수와 임원 354명을 파견한 한국은 금메달 7개 이상 획득으로 10위 이내 입상을 목표로 하였으나 금메달 6개, 은메달 4개, 동메달 10개로 종합 16위를 기록했다. 전통의 강세 종목인 양궁에서 4개의 금메달을, 점차 강국으로 떠오르는 펜

싱에서 금 1개, 은 1개, 동 3개를 획득했으며, 체조 도마 종목에서 금메달 1개와 동메달 1개로 선전하였다. 그러나 전통의 강세 종목인 레슬링, 태권도, 유도, 복싱 등 격투기 종목에서 부진한 것이 목표달성을 어렵게 했다는 분석이다.

그런데 국민들의 반응은 전과 크게 달라졌다. 메달 획득보다 감동을 준 종목과 선수들에게 박수와 찬사를 보내는 성숙한 스포츠 문화가 자리를 잡아가는 모양새다. 또 메달을 획득했더라도 금메달에 비해 은메달, 동메달에는 시큰둥하던 '일등주의'가 쇠퇴하는 분위기다. 코로나 팬데믹으로 지루하고 답답한 '집콕' 생활에서 스포츠를 통하여 느낄 수 있는 묘미 자체를 만끽하였다. 결과를 중시하던 눈이 과정에 주목하는 눈으로 바뀐 것이다.

여자배구는 역대 최약체라는 평가에도 불구하고 4강이라는 성과를 거두었다. 비록 메달 획득에는 실패했지만 결코 포기하지 않는 투혼으로 객관적 전력을 무색케 하는 드라마를 연출하였다. 예선 라운드에서 3승 2패로 8강에 오른 한국은 예선전에서부터 '사고'를 쳤다. 'FIVB(세계배구연맹)' 랭킹 14위 한국은 6위 도미니카 공화국을 풀세트 접전 끝에 세트스코어 3:2로 따돌리는가 하면, 5위 일본을 만나 역시 풀세트 접전 마지막 5세트에서 12:14 절체절명의 매치포인트 상황을 벗어나 16:14로 뒤집는 집중력을 보여주었다. 8강전에서는 랭킹 4위 터키를 맞아 역시 풀세트 접전까지 가는 피 말리는 승부에서 또다시 세트스코어 3:2로 승리하고 4강에 진출하였다. 이쯤 되면 '5세트의 마법사'라 불러도 될 듯하다. 준결승에서 세계랭킹 2위 브라질에 0:3으로 패하고 동메달 결정전에서 세르비아에 역부족으로 0:3으로 패함으로써 결국 메달 획득에는 실패했지만 예상을 깨고 4강에 오르며 분전하는 모습은 코로나 팬데믹으로 힘겨워하는 국민들에게 메달보다 값진 감동을 선사하였다.

높이뛰기의 우상혁 선수는 마라톤을 빼고는 한국 육상 역사상 25년 만에 결선에 진출하여 2m 35cm를 뛰어넘으며 24년 만에 한국신기록을 수립했지만 아깝게 메달획득에는 실패하고 말았다. 그러나 그의 도전과정을 지켜본 국민들은 그의 열정과 집념에 끝없는 박수를 보냈다. 특히 자신만의 주문을 외치며 최면을 거는 순간은 스포츠 '몰입'의 묘미를 일깨워준 백미였다. 육상경기의 다른 종목들은 뛰고 나서야 본인의 기록을 알 수 있지만 높이뛰기는 자신이 달성해야 할 기록을 정해 놓고 뛰는 경기여서 자신감과 긍정적 마인드가 특히 중요하다. 마지막 2m 39cm 시도에서 실패한 뒤에도 웃음을 보인 뒤 금세 자신의 신분이 군인(국군체육부대 소속)임을 떠올리고는 똑바른 자세로 카메라를 향해 거수경례를 하는 그의 모습은 외신에서도 가장 인상적인 장면으로 꼽을 정도였다. 극한의 스트레스와 부담감을 떨쳐내고 그가 보여준 유쾌한 도전은 스포츠가 단순히 이기기 위한 경쟁이 아님을 보여주는 뜻깊은 장면이었다.

럭비는 올림픽에 처녀 출전하여 '예상대로' 초라하지만 감동적인 드라마를 연출하였다. 동양인에게는 취약하고 인프라도 빈약한 터라 애당초 기대하진 않았지만 도전하는 과정만큼은 감동을 주기에 충분했다. 첫 경기에서 준우승팀 뉴질랜드를 상대로 득점에 성공하는가 하면 호주전에서도 트라이(Try) 득점을 기록하는 성과를 얻었다. 하이라이트는 한일전이었다. 11위 결정전에서 일본을 상대로 절대 포기하지 않는 집념과 끈끈한 조직력으로 19득점을 올리며 가능성을 보여주었다. 비록 패했지만 부족한 전력으로 포기하지 않고 끝까지 물고 늘어지는 스포츠정신을 발휘하였다. 럭비는 비인기 종목을 넘어 아예 존재감마저도 희미한 실정에서, 그것도 전통적으로 강세인 호주, 뉴질랜드 등 영연방국가를 비롯해 일본을 상대로 선전한 것은 정말 대단한 일이다. 실업팀 3개, 대학

팀 4개가 전부인 환경에서 도저히 상상하기 힘든 결과다. 하지만 끝까지 포기하지 않고 끈끈한 팀워크를 발휘하는 그들의 모습에 우레와 같은 박수를 보내지 않을 수 없었다. 게다가 스포츠의 '원시성'을 여지없이 보여주는 장면은 럭비의 묘미를 널리 알리는 계기가 되었으리라 생각된다.

수영에서는 '포스트 박태환'이라 불리는 황선우 선수의 활약을 빼놓을 수 없다. 이미 대회 전부터 세계주니어 기록을 경신하며 주목을 받았지만 성인 무대, 그것도 생애 첫 올림픽에서 전혀 주눅 들지 않고 엄청난 기록을 쏟아냈다. 자유형 200m 예선에서 1분 44초 62로 한국신기록을 경신하더니 자유형 100m 준결승전에서 47초 56으로 아시아 신기록을 세우는 놀라운 업적을 이루었다. 최종 결승에서 200m는 7위에 그쳤지만 아직 고등학생인 점을 감안하면 엄청난 잠재력을 확인할 수 있었으며, 100m에서는 최종 5위에 머물렀지만 아시아 선수로는 69년 만의 성적이어서 이 또한 놀라운 일이다. 황선우 선수의 기록도 대단하지만 세계적인 선수들 틈에서도 긴장하거나 주눅 들지 않는 멘탈이 돋보인다. 미래에 대한 자신의 가능성을 담담히 얘기하는 것도 우리를 더욱 기대케 한다. 국민들은 그의 조용한 도전에 큰 박수를 보낸다.

이번 대회에서 우리에게 큰 감동을 준, 빼놓을 수 없는 또 하나의 종목이 있다. 바로 근대5종 경기다. 근대5종은 한 선수가 하루에 펜싱, 수영, 승마, 육상, 사격 등 5개 종목을 모두 해내는 힘든 종목이다. 고대 사냥과 전쟁에서 유래한 종목답게 검으로 찌르고, 헤엄치고, 말을 타고, 총을 쏘고, 달리는 종합스포츠다. 근대 올림픽을 만든 쿠베르탱은 모든 스포츠를 잘하는 선수를 가리기 위한 방안으로 근대5종 경기를 창안하여 1912년부터 정식종목으로 도입하였다. 나는 우연히 근대5종의 마지막 경기인 '레이저 런(육상+사격)' 경기만 보았다. 순위가 뒤바뀌며 달리고 쏘기를 거듭하더니 태극기를 단 두 선수가 3,4위로 나란히 결승선을 통과한다. 전웅태(26)와 정진화(32) 선수다. 극한의 고통을 견뎌내고 골인한 두 선수의 얼굴이 심하게 일그러진 가운데서도 두 선수는 서로를 끌어안고 떨어질 줄 모른다. 아마 그동안 함께 훈련하며 힘들었던 순간을 떠올리며 마침내 해냈다는 안도감에 서로를 위로하는 것일 게다. 온갖 생각과 장면들이 파노라마처럼 스쳐 가는 순간일 거다. 그걸 지켜보는 나도 가슴이 찡해 오며 동정심이 물밀 듯이 밀려왔다. 이들이야말로 전천후 스포츠인이 아닐까? 그만큼 더 고통스런 훈련의 과정을 거쳤을 테고. 금메달이 아니어도, 메달이 없어도 천둥 같은 박수에 '꽃 메달'을 얹어 전해주고 싶다. 아, 정말 감동이다.

나만 그런가 했더니 대회 후일담이 대체로 그렇다. 위에 언급한 종목들이 금메달을 딴 게 아니다. 개인의 공식적인 혜택이나 국가 순위에도 그다지 영향을 미치지 못하는 결과다. 하지만 우리는 왜 이들 종목에서 감동을 받고 열광하는가? 어느새 스포츠에서 '성과 지상주의'가 퇴조하고 있다는 증거가 아닐까? 아니라면 제발 그러길 바란다. 그동안 우린 숨 막히는 산업화와 함께 스포츠의 '일등 제일주의'에 몰두해 왔다. 금메달을 따면 기뻐서 울고, 메달을 못 따면 아쉬워서 엉엉 울었다. 스포츠는 본디 인간의 몸으로 구현하는 아름다운 경쟁인데도 말이다. 올림픽 창시의 근본정신도 '일등'을 하기 위한 대회가 아닌데 말이다. 이번 올림픽의 가장 큰 성과는 '승리 지상주의'의 퇴각이 되기를 간절히 소망한다.

우연인지는 몰라도 이번 올림픽에서 유독 4등에 머문 선수와 종목에 많은 이들이 주목하고 있는 점 또한 이채롭다. 여자배구, 높이뛰기 우상혁, 근대5종 정진화, 수영 다이빙 우하람, 역도 87kg+급 이선미, 남자탁구 단체전 등 '정직한 4위'에 메달 획득 못지않은 환호와 갈채를 보냈다. 그야말로 '졌잘싸(졌지만 잘 싸웠다.)'로 성원한다. '졌잘싸'는 도쿄올림픽의 화두처럼 되었다. 심지어는 메달 수상자에 버금가는 혜택을 줘야 한다는 여론이 일고 있다. 이제 우리 국민들은(현재의 평가지표에 다소 어긋난다 하더라도) 그만큼 결과보다 과정에 충실한 관전자가 되었다는 증거일 것이다. 많은 이들이 4위뿐만 아니라 저조한 성과에 머물렀더라도 감동이 전해지는 대로 환호를 보내며 응원했다. 개인적인 생각으로는 종목별로 대회 중요도와 성적뿐만 아니라 참가팀 수와 경기수준, 종목의 중요도, 메달획득의 난이도 등에 따라 좀 더 세밀한 포인트를 부여하여 일회성이 아니라 누적 포인트로 연금과 병역면제의 혜택을 부여하는 시스템의 도입을 제안한다.

응원 문화도 많이 발전했다. '우리 선수'의 승리에만 집착하여 상대 선수와 국가를 비하하거나 비아냥거리는 듯한 해설로 눈살을 찌푸리는 사례가 많이 줄어들었다. 지나치게 흥분한 나머지 방송을 진행하는 캐스터와 해설자의 본분을 잃고 원색적인 소리를 질러대는 '국뽕' 해설도 눈에 띄게 감소하였다. 국내에서 경기를 관전하는 시청자들도 우리 선수들만 잘한다고 우기기보다는 포기하지 않고 끝까지 최선을 다하는 선수들에게 찬사를 보내는가 하면 경기력이 더 우수할 때는 상대를 인정하고 박수 쳐 주는 성숙한 응원문화가 자리 잡아 가고 있다. 메달을 따지 못했어도 후회하지 않는다며 경기 자체를 즐겼다는 MZ세대(1980년대 초반부터 2000년대 초반에 출생한 밀레니얼 세대와 1990년대 중반부터 2000년대 초반에 출생한 Z세대를 통칭)의 선수들까지 더해져 '승자 독식'이 아닌 모두를 승자로 만들어준 대회였다.

요컨대 스포츠에서는 추한 승리보다 정직한 패배가 아름다운 법이다. 그래야 한다. 스포츠란 제도화된 신체경쟁이기 때문이다. 여기서 말하는 '제도' 속에는 경쟁에 필요한 모든 조건과 기준이 망라되어 있다. 또 그렇게 믿어야 한다. 그러므로 성과보다 과정이, 승리보다 공정함이, 메달보다 감동이 우선되어야 한다. 성과지상주의가 사라진 자리에는 인간 승리의 드라마가, 승리 제일주의가 사라진 자리에는 정의로운 스포츠 정신이, 메달 강박증이 사라진 자리에는 감동을 안겨주는 스포츠 본래의 아름다운 과정이 찬란히 빛나야 한다. '2020 도쿄올림픽'은 비록 코로나 팬데믹으로 1년 연기하여 개최되었지만 장구한 인류의 역사 가운데 인간이 창조해낸 올림픽이 '메달에서 감동으로' 변모해 가는 것을 지켜본 아름다운 제전이었다.

‖ 2021. 8. 9.

思

생각거리

날이 갈수록 생각이 많아지고 깊어진다.
이것도 흰머리가 가져다준 선물이다.

새해 벽두의 다짐

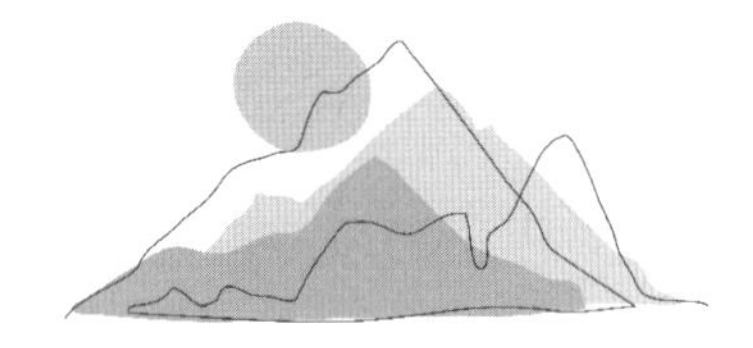

새해 정초에 신문에서 발견한 두 개의 글이 눈길을 사로잡는다. 하나는 문유석 판사가 쓴 '일상유감(日常有感)'이라는 글이고, 다른 하나는 남승우, '풀무원' 총괄 최고경영자(CEO)가 자리에서 물러났다는 기사다. 전혀 다른 섹션의 이질적인 두 가지가 묘하게 오버 랩 되어 나의 생각을 서둘러 정리하게 한다.

문 판사는 새해를 맞으면서 소박하고 지극히 인간적인 다짐을 피력했다. 첫째, 훌륭한 사람이 되기보다는 무해(無害)한 사람이 되고 싶단다. 나이를 먹을수록 커지는 권한은 그것 자체만으로도 '힘'이 되어 아랫사람을 힘들게 한다고 진단한다. 그러기에 무해한 사람이 되려면 끊임없이 살필 줄 알아야 한다고 말한다. 자신을 성찰하고, 주변을 둘러보아 상대방의 마음을 읽어야 한다는 뜻이리라. 둘째, '알고 보면 나도 힘들다.'라는 소리를 하지 않겠단다. 알고 보면 누구나 힘든 건 사실이지만 그걸 남들 앞에서 입에 담는 건 염치의 문제라고 꼬집는다. 조금이라도 남보다 나은 형편이라면 최소한 입을 다물 때는 다물 줄 알아야 한다는 거다. 결국 '사람은 되기 힘들어도, 괴물은 되지 말자.' 다짐하며 글을 맺는다.

한편 '풀무원'의 남승우 대표는 평소 '65세 연말에 사직서를 내겠다.'라는 약속대로 정확하게 65세가 된 연말인 지난해 12월 28일, 사내 전자결재시스템을 통해 사직서를 제출했다. 퇴임식도 없이 사외이사들이 감사패를 전달한 것이 퇴임 행사의 전부란다. 그는 '고령이 돼서도 잘할 수 있다고 하는 건 본인의 착각일 뿐이다. 나이가 들면 열정과 기민성, 기억력이 감퇴할 수밖에 없다.'라고 했다. 1984년 유기농 농장에서 시작한 '풀무원'을 연 매출 2조 원이 넘는 식품기업으로 성장시킨 주인공이지만 자리에 연연하지 않고 약속을 지켰다. "풀무원은 개인 회사가 아니라 주식시장에 상장한 기업이다. 개인 기업은 오너 승계냐, 전문경영인 승계냐를 두고 이슈가 될 수 있지만 상장기업은 전문경영인 승계로 답이 정해져 있다. 상장기업은 공적 기업의 성격이 있다. 이 문제로 고민할 이유가 없다." 사직 이유가 간단명료하다.

나도 지난해 회갑을 지났다. 옛날 같으면 나이가 훈장이 될 수 있는 때를 맞았다. 어떻게 하면 나이가 훈장이 되지 않도록 살 것인가를 고민하는 나에게 앞의 기사와 글이 은밀한 교훈을 준다. 오십에 맞이하는 지천명(知天命)이 나이 들어 하늘의 뜻을 헤아리는 현자(賢者)가 되기보다는 산전수전 다 겪으며 획득한 잔머리를 굴리는 사람으로, 육십에 맞이하는 이순(耳順)이 생각이 원만하여 무엇을 들으면 곧 이해가 되는 '순한 귀'가 아니라 뭘 들으면 이도 저도 다 똑같이 생각하는 '숙맥(菽麥) 같은' 귀가 되는 건 아닌지 조심해야 할 일이다.

나이 들어서도 잘할 수 있다고 생각하는 고집에서는 벗어나 이미 조기 퇴직을 한 지 오래되었다. 주변의 여건이 나의 가치관과 자존심을 사정없이 갉아먹어서도 그랬지만 내심 감퇴하는 기억력과 기민성, 열정을 숨기며 직업수명을 연장할 자신이 없었던 것도 사실이다. 다행히 먹고 사는 문제로 걱정할 정도는 아니기에 내 인생의 가장 현명한 선택이었다고 자평한다. 일단 고집과 이기심에서는 벗어났으니 홀가분하다.

나이는 능력이나 노력과는 아무 상관 없이 때가 되면 먹는다.

그냥 자연의 이치다. 나이가 들수록 능력은 저하되지만 권한이 커지는 건 그동안 발휘한 능력의 결과라기보다는 그냥 인간사회의 '관성'이다. 그렇기에 속절없이 나이만 먹으면 아직 철도 들지 않은 채 이기심과 힘만 커진 '괴물'에 다름 아니다. 그 괴물이 아랫사람을 힘들게 하고, 은연중에 갑질을 하기 십상이다. 일이 터지고 나면 '악의가 없었다.'라고 둘러대지만 그건 정당한 변명이 못 된다.

새해를 맞으면서 생각이 많아진다. 주변에는 어느새 나보다 나이가 적은 사람들이 훨씬 많다. 나이가 벼슬이 되어 그들을 힘들게 하지는 말아야 한다. 악의가 없다며 갑질을 하는 건 더더욱 금물이다. 속절없이 나이만 먹은 '괴물'이나 '꼰대'가 될까 조심스럽다. 그래서 새해 벽두에 다짐해 본다. "잔머리, 숙맥, 괴물, 꼰대는 되지 말자." 새해도 어느새 닷새를 지나가고 있다. ‖ 2018. 1. 5.

평균의 함정

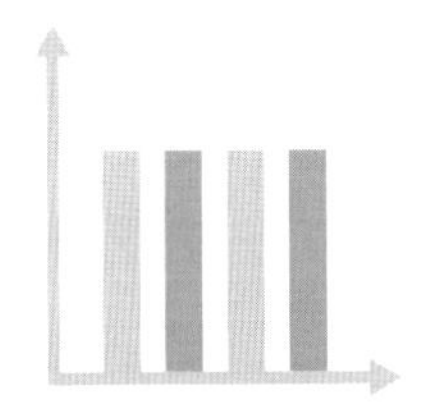

통계학에서 데이터를 분석할 때 가장 기본이 되는 것이 대표치와 산포다. 대표치(代表値)는 말 그대로 집단의 데이터를 대표하는 값이고, 산포(散布)는 데이터가 대표치로부터 떨어져 있는 정도, 즉 편차를 나타내는 척도다. 대표치에는 산술평균(Arithmetic Mean), 중앙값(Median), 최빈값(Mode) 등 여러 가지 척도가 있지만 그냥 이들을 통칭해서 '평균'이라고 하고, 산포에는 분산, 표준편차, 범위, 백분위계수, 변동계수 등 여러 가지 척도가 있지만 이들을 통칭해서 '분산'이라 한다.

통계학의 원리나 이론을 알든 모르든 간에 우리는 일상에서 '평균'이라는 용어를 수시로 사용하며, 또 전적으로 신뢰하는 경향이 있다. 실생활에서도 평균을 가장 보편적인 값이며 믿을만한 척도로 알고 이를 활용한다. 평균점수, 평균소득, 평균수익률, 평균 인상률 등 수없이 많은 '평균'을 쓰고 있다. 그뿐 아니다. 제품이나 시스템을 설계할 때도 평균값을 적용한다. 의자의 높이, 계단의 높이, 침대의 길이, 옷의 사이즈 등은 사용자의 평균적 치수를 고려하여 설계한다. 하지만 데이터에 아주 큰 값이나 아주 작은 값이 포함되어 있는 경우 이를 보정하지 않은 채 평균값을 사용함으로써 평균이 데이터를 대표하는 대표치로써 부적절한 경우도 있다. 이른바 '평균의 함정'에 빠지는 경우다.

사람이나 어떤 현상에 대해서도 평균은 작동한다. '보편성'이라고 하는 것은 평균의 또 다른 이름이다. 보편성에서 벗어난 사람이나 현상은 '이상한(abnormal)' 것이다. 데이터뿐 아니라 사람이나 현상도 평균으로 해석하는 것이다. 심지어는 배우자를 구할 때도 평균적인 범주에 드는지를 보고 선택한다. 평균은 참 편리한 척도이며, 우리는 평균을 보편성의 잣대 삼아 세상을 재단하며 산다. 하지만 평균은 우리를 '고만고만한' 사람으로 살게 하는 함정이 있다. 평균은 집단을 설명하는 대표치로써는 매우 유용하지만, 개인에게 적용해서는 곤란하다. 태생부터 다른 인간을 타인과 끊임없이 비교하게 함으로써 자존감을 떨어뜨리고 열등감을 조장하는 부작용을 가져온다.

한수산은 그의 저서 『벚꽃도, 사쿠라도 봄이면 핀다』에서 '일본에서 욕 안 먹고 살아가는 방법' 세 가지를 다음과 같이 지적하였다. 첫째, 가만히 있고, 앞서지 마라(언제나 끝까지 기다려라.). 둘째, 남이 하는 대로 따라만 하라(어떤 예외도 인정되지 않는다.). 셋째, 네 스스로 길을 찾으려 하지 마라(모든 것은 이미 정해져 있다.). 한마디로 평균적 인간이 되라는 것이다. 어떤 의도에서 그렇게 했는지는 모르지만 그가 알고 있는 일본에 대한 나름대로의 근거를 갖고 얘기했을 것이다. 짐작컨대 평균의 함정에 빠진 일본인의 삶을 꼬집은 것으로 보인다.

인간은 평균적으로만 살 수는 없다. 평균의 함정에 빠져서 평균적 인간으로만 살아서는 평균에 훨씬 못 미치는 인간밖에 될 수 없다. 왜냐하면, 다른 사람들도 '평균적으로' 발전하고 있지만, 인간들로 구성된 사회의 다양성은 기하급수적으로 확대되기 때문이다. 더구나 인간의 삶에 통계적 특성치를 적용하는 것 자체가 불가능하거나, 한다 해도 무의미하기 때문이다. 인간의 재능과 욕구는 이루 말할 수 없이 다양하며, 삶의 양태도 각양각색이다. 때로는 받아들이기 힘들어도 수용하는 적극적인 자세가 필요하다. 요컨대 나와 다른 사람이나 생각을 이해하고 허용하는 '똘레랑스(Tolerance)'가 요청된다.

사실 남의 눈치를 보지 않고 소신대로 사는 것이나 자신만의 개성을 발현하여 행복하게 사는 것도 평균적 인간의 굴레를 벗어나지 않으면 도저히 실현할 수 없다. 평균은 매우 편리한 통계적 척도지만, 평균적 인간으로만 살려고 하는 '보편성'은 우리를 옭아매는 멍에가 될 수도 있다. 인간의 기본적인 덕목을 해치지 않는다면 바야흐로 평균의 함정에서 벗어나는 용기를 발휘할 필요가 있다.

‖ 2018. 1. 5.

욕망의 확장

도심에서 살다가 몇 해 전 인근의 변두리 지역으로 이사를 왔다. 분에 넘칠 만치 넓은 평수인데도 가격은 엄청나게 싸다. 부동산에는 문외한일뿐더러 투자에 대한 관심도 전혀 없어서 내외가 모두 현직에서 물러난 김에 그냥 공기 좋고 조용한 외곽에서 살고 싶었을 뿐이다. 전세를 살다가 비워둔 집을 최소한의 손질만 해서 입주하고 보니 아주 흡족하다. 무엇보다도 공간이 넉넉하여 다용도로 활용할 수 있어 좋다.

거실은 얼마나 넓은지 자그마한 탁구장을 차려도 될 성싶다. 그런데 보아하니 이곳도 예외 없이 베란다를 터서 거실을 확장해 놓았다. 세상에나! 그러잖아도 넓은 집을 베란다까지 확장하다니. 아파트 생활에서 베란다는 화초를 키우기도 하고, 탁자를 놓아 차를 마시며 휴식하는 공간으로, 또는 아이들의 놀이터 등으로 사용하는 유일한 여유 공간이 아니던가? 하지만 요즘에는 거의 대부분의 아파트가 분양할 때 이미 베란다를 없애고 실내공간을 확장해 주는 조건을 제시하거나, 아니면 입주자가 입주 시 확장을 하여 조금이라도 넓은 실내공간을 확보하는 추세다. 나는 이게 그다지 탐탁지 않다. 베란다가 사라지는 만큼 인간의 정서는 각박해지기 때문이다.

조금 좁더라도 마음의 여유를 누리며 정서적인 삶을 영위할 것인지, 조금이라도 넓은 실내공간을 확보하여 활용할 것인지는 선택의 문제지만 나는 후자를 원치 않는다. 실내공간의 확장은 심리적으로 보면 '욕망의 확장'이다. 그렇기에 확장된 실내공간은 '욕망 공간'이다. 우리의 삶 가운데 욕망의 확장은 도처에서 찾아볼 수 있다. 문제는 확장된 욕망의 크기만큼 행복이 확대되지는 않는다는 사실이다. 오히려 확장된 욕망만큼 각박해진 정서가 우리를 옭아매어 행복이 축소되지는 않는지 성찰해 볼 일이다.

현대인의 욕망이 확장된 또 다른 양태로 스마트폰 중독이 있다. 스마트폰을 들여다보며 현실 세계에서 채우지 못한 욕망을 가

상공간에서 충족하려는 현대인의 또 다른 모습을 발견할 수 있다. 2007년 아이폰이 탄생했던 당시와 비교하면 근무시간이나 수면시간은 그대로이지만, 스마트폰을 들여다보는 시간은 엄청나게 증가했다. 그것도 독서나 건강정보 등 행복에 긍정적인 영향을 미치는 앱(App, Application Software)의 사용시간에 비해 웹 서핑, SNS, 인터넷게임 등과 관련된 앱의 사용시간이 세 배에 달하는 것으로 조사되었다. 스마트폰 중독이 불행을 초래한다는 건 이제 새롭지도, 놀랍지도 않은 사실이 되었다.

캐나다 작가 마이클 해리스(Michael Harris)는 그의 저서 『잠시 혼자 있겠습니다』에서 스마트폰의 대표적인 기능인 SNS의 폐해에 대해 'SNS는 영양가 없는 관계만 채워주는 사회적 패스트푸드'라고 꼬집는다. 검증되지 않은 사회적 패스트푸드만 먹다가 사회적 비만아가 될까 걱정이다. 덩치는 큰데 신체적 기능이 엉망인 비만아처럼 SNS상에서 많은 관계를 형성했지만 자기정체성이 고갈된 '사회적 비만아' 말이다. SNS에서 얇고 넓게 많은 사람들과 관계를 맺다 보니 그만큼 '관태기(관계권태기를 가리키는 신조어)'도 빨리 온다. 해리스는 자기정체성을 찾고 행복해지기 위해서 잠시 스마트폰을 내려놓을 것을 권한다.

인간의 삶이 파편화되고 힘들어질수록 사람들은 행복을 찾아 몸부림치지만 실은 욕망만 잘 다스려도, 욕망의 확장만 좀 절제해도 불행을 줄이고 행복이 축소되는 것을 막을 수 있다. 실천이 문제일 뿐이다. 평소 이런 생각을 견지하던 터라 아들 결혼식의 축하 덕담에서 "야심은 갖되, 욕심은 금물이다. 만일 야심을 이루려다 욕심이 생기걸랑 야심마저 과감하게 포기하라."라고 충고했다. 예식이 끝나고 결혼식에 참석했던 사람들이 그 얘기를 거론하며 "감명 깊었다." 하는 걸 보면 누구나 그런 생각을 하기는 하는가 보다. 실천이 문제일 뿐이다. 목도하는바 삶의 도처에 욕망의 확장이 도사리고 있다. 깊은 밤 '욕망의 확장은 곧 행복의 축소'라는 나만의 등식을 떠올리며 생각에 잠긴다. ‖ 2018. 2. 1.

심각하지 않게, 그러나 품위 있게

솔직히 이런 건 글로 쓰고 싶지 않다. 우리는 아직도 죽음에 대해서는 슬프고 우울한 생각이 지배적이기 때문이다. 불길한 생각까지 이입시켜 재수 없다고 하기도 한다. 더구나 백세 시대에 이제 예순을 막 넘긴 내가 이런 글을 쓰는 건 왠지 방정맞다는 생각까지 들기 때문이다. 하지만 작년에 소천하신 어머니의 마지막 몇 년의 삶을 지켜보면서 많은 생각이 들었다. 본인의 의사와는 아무런 상관도 없이 누워만 계시다가 급기야는 의사표시도 못 한 채 마감되는 삶을 보면서, 또 근래에 품위 있는 죽음에 대한 일련의 소식들을 접하면서 생각이 조금씩 바뀌었다. 출생이 있는 존재는 언젠가 반드시 죽는다. 그렇다면 삶은 곧 죽음의 다른 이름이라는 것을 깨닫게 된다.

오늘 아침 신문에서 안락사를 택한 과학자의 기사를 보고 글을 쓸 결정적인 용기를 얻었다. 영국 태생으로 호주에서 저명한 식물학자로 살았던 104세의 데이비드 구달(David Goodall)이 품위 있게 생을 마감했다. 그는 100세까지 논문을 발표하고 102세까지 컴퓨터를 직접 다루며 연구에 열정을 쏟았지만, 차츰 건강이 악화되는 걸 느끼고 혼자 힘으로 생활하기가 어렵다는 것을 알아차렸다. 질병은 없지만 상태가 더 나빠지면 불행해질 거라고 판단하기에 이르렀다.

그는 호주에서 생을 마감하고 싶었지만 호주는 안락사를 금지하고 있어 조력(助力) 자살이 허용되는 스위스로 건너가 그곳에서 조력자들이 지켜보는 가운데 의사가 처방한 치사(致死) 정맥주사의 밸브를 스스로 열어 죽음을 '실행'에 옮기는 것으로 삶의 기나긴 여정을 마감했다. '죽는 것보다, 죽고 싶어도 그러지 못하는 게 진짜 슬픈 일'이라고 주장하던 그는 "노인이 삶을 지속해야 하는 것으로부터 자유로워질 수 있는 도구로 내가 기억되기를 바란다."라는 말을 남기고 베토벤 교향곡 9번 '합창'을 들으며 조용히 죽어갔다.

한편 지난 4월 16일자 중앙일보에는 100살에 스스로 곡기를 끊고 죽을 시간을 선택한 니어링(Scott Nearing)을 소개한 기사가 실렸다. 1883년 미국 펜실베니아 주에서 태어난 니어링은 대부분의 사람들이 죽음을 앞두고 경험하는 부정(否定)→분노→타협→절망→죽음이라는 단계를 모두 생략하고 곧바로 죽음에 돌입하였다. 그는 생전에 한나절은 일을 하고 한나절은 명상과 독서, 그리고 연주 등의 취미생활을 하면서 살았다. 그는 또 먹을 식량 외에 남는 건 죄다 이웃에게 나눠 주었다. 100세가 되었을 때 그는 자신의 기운이 소진되었음을 깨닫고 아내인 헬렌(Helen Knothe Nearing)에게 동의를 구하고 단식하다가 스스로 생을 마감했다.

우리나라는 아직 안락사에 대한 사회적 합의가 이루어지지 못한 상황에서 부분적으로 연명치료거부(또는 연명의료중단) 의향서 같은 방식을 통하여 '존엄사(소극적 안락사)'가 차츰 힘을 얻고 있는 실정이다. 이는 또 생명경시 풍조와 연관 지어 많은 고민이 필요한 사안이지만 이에 대한 찬반 논의나 사회적 합의는 차치하고 현재의 삶과 다가올 죽음을 깊이 생각해 볼 필요가 있다. 앞서든 사례들은 안락사에 대한 긍정이라기보다는 소위 '웰다잉(well-dying)'으로 이해하는 편이 더 타당할 듯하다.

웰다잉은 비단 죽음에 관한 문제뿐 아니라 삶에 대한 성찰에도 깊이 연관되어 있다. 좋은 삶은 얼마나 오래 사느냐의 문제가 아니다. 사는 동안의 직업이 무엇인지도 상관없다. 길이와 형식의 문제가 아니라 이른바 콘텐츠의 문제다. 부와 명예, 권력과 이력, 체면이나 명성 등 불필요한 수식어들을 주렁주렁 달고 살기보다는 의미 있는 콘텐츠에 집중하는 생동감 넘치는 삶이야말로 좋은 삶의 핵심이다. 좋은 삶은 또한 유연하면서도 지나치게 심각하지 않은 삶이다. 유연한 삶이 결코 타협하는 삶은 아니다. 확고한 자신의 주장이 있되 '다름'을 인정하고 수용할 줄 아는 삶이 유연한 삶이다. 때로는 농담을 주고받으면서 삶의 강도를 낮추고 지나치게 심각하지 않도록 사는 삶도 좋은 삶이리라.

'우리는 어차피 인생이라는 매장에서 쇼핑을 하는 중'이라는 누군가의 표현에 동의한다면 쇼핑카트에 의미와 생동감, 유연성과 수용성, 그리고 농담과 유머를 가득 담아 돌아갈 때 우리의 쇼핑은 행복을 느끼며 만족과 희열로 마무리될 수 있을 것이다.

심리학자들은 사람이 원하는 걸 할 때 행복을 느낀다고 주장한다. 인간의 생이 다하는 순간 자신의 생사를 자신이 결정하는 것이야말로 행복의 마침표라 할 수 있다. 자신의 의사와는 무관하게 남의 결정과 처치에 맡겨둔 마지막 순간은 허무함과 더불어 억울함이 찾아들 것이기에 죽음에 대한 자기결정권이 존중되어야 할 터이다. 자살과는 차원이 전혀 다른 문제다. 죽음을 준비하는 것은 염세적인 생각이 아니라 어떻게 살 것인가를 깨닫게 하는 지름길이다. 너무 심각하지 않게 살다가 품위 있게 죽어갈 준비가 필요하다.

‖ 2018. 5. 11.

질문일까? 실천일까?

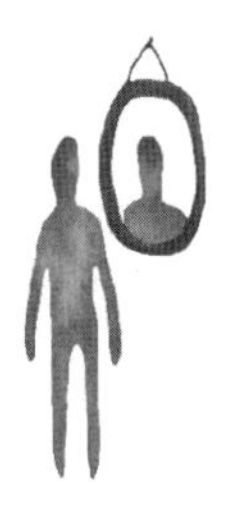

왜 사느냐고 물으면 대답이 참 난감해진다. 이 질문의 요지는 당연히 삶의 목적이 무엇이냐는 것이리라. 어떤 사람들은 태어났으니까 산다고 하고, 신앙심이 돈독한 이들은 내세의 '진짜' 삶을 위해 잠시 거쳐 가는 과정이라고 대답한다. 또 어떤 사람은 사는 게 결코 쉽지 않지만 죽는 게 더 어려워 할 수 없이 산다고도 한다. 하지만 이런 유(類)의 대답은 삶의 목적이 아니라 지금 생존해 있는 결과적 사실일 뿐이다. 아니, 그렇게 설명하기에도 뭔가 애매한 구석이 있다. 그만큼 어려운 질문인 셈이다. 당신은 뭐라고 대답할 것인가? 그 질문에 집착하면 할수록 자신의 삶이 허무하게만 느껴져서 우울해지기 쉽다. 그리고 점점 더 무거운 질문 속으로 빠져들어 가는 악순환이 반복될 수도 있다.

차라리 '왜 사는가?'보다는 '어떻게 살 것인가?'가 훨씬 더 현실적이고 생산적인 질문이다. 이건 막연하고 철학적이기만 한 '왜 사는가?'보다 훨씬 구체적이면서 어느 정도는 답변이 가능한 질문이다. 비근한 예로 여행과 돈에 대한 생각 같은 거다. '여행에는 돈이 들고, 내가 가진 돈이 줄어들면 삶이 힘들어진다.'라는 주장에 대해 어떤 사람은 이렇게 반론을 제기한다.

"온갖 제약조건들을 떨쳐 버리고 훌쩍 떠날 수 있음은 뭐니 뭐니 해도 생각이 자유롭고, 돈에 대한 견해가 확실히 정립되어 있기 때문이다. 돈은 행복해 지기 위해 써야 하고, 자기가 좋아하는 일에 써야 하며, 죽을 때 남지도 모자라지도 않는 게 좋다는 생각이다. 또한, 많은 돈과 바람직한 결과는 반드시 비례하지는 않는다는 사실까지 내게 각인되어 있다. 명품에 투자한 돈만큼 만족도나 행복감은 크지 않은 것처럼. 돈 많은 사람들이 계속 돈 때문에 화를 당하는 걸 보면 그들이 돈이 부족해서 계속 그걸 뒤쫓고 있는 걸까? 강남에서 집값 때문에 힘이 들면 변두리로 옮겨서 세이브된 돈을 행복해 지는 일에, 좋아하는 일에 쓰면 된다. 너무 쉽다. 단지 결심을 못 할 뿐이다. 피곤하다 못해 살벌하기까지 한 도심의 삶을 버리지 못함 또한 쓸데없는 욕심에 다름 아니다.

세상에는 돈 말고도 의미 있는 일이, 고민해야 할 일이 정말 많다. 돈이 고민의 최우선에 있다면 참으로 비참하다. 비참한 상황이 찾아온 게 아니라 스스로 비참한 상황을 만든 거다. 이건 배가 불러서 하는 소리가 아니다. 의미 있는 일, 진정으로 고민해야 할 일이 지천에 널려 있다면 삶에 꼭 필요한 그 이상의 돈이 무슨 대수랴? 돈에 끌려 다니지 않고 돈을 '부리며' 사는 삶이 가장 부요한 삶이리라."

그러면 이렇게 맞받아친다. "무슨 소리냐. 돈이 없으면 내가 하고 싶은 것을 할 수 없고, 여행도 갈 수가 없고, 이루고 싶은 꿈을 이루는 데도 장애가 되지. 배부른 소리 하지 마라. 돈이 있어야 행복해질 수 있고, 좋아하는 일에 쓸 수 있고, 죽을 때 남으면 자식에게 물려주어 자식의 편안한 삶을 돕는 게 상책이지. 돈이 많으면 결과도 바람직할 확률이 높은 법, 돈과 바람직한 결과는 비례하는 것이다. 명품은 사람을 한층 품위 있게 보이게 하는 마력이 있다. 돈 많은 사람들이 어려움을 당하는 건 잘못된 방법으로 돈을 모았기 때문이다. 지방에서 부유하게 사는 것보다 강남에서 폼 나게 사는 게 낫지. 도심의 삶이 좀 피곤하긴 해도 온갖 문화의 혜택을 누리며 격조 있게 사는 게 한결 낫다니까. 뭐니 뭐니 해도 자본주의 사회에서 돈보다 위력이 있는 것은 없다. 돈 때문에 비참해지기는커녕 돈 때문에 행복이 배가 되는 게 현실이다. 돈에 끌려 다니지는 않되, 적당히 돈을 모아서 살아서 편리하고, 죽어서 자식에게 덕을 쌓는 것이 가장 잘 사는 길이다."

어떤가? 지나칠 정도로 극명하게 상반되는 두 견해에 대해 어느 편을 들 것인가? 편을 드는 건 자유다. 또 이 두 견해의 중간쯤을 선택할 사람들도 많을 것이다. 그것 또한 자유다. 우리는 선택을 하기 전에 질문을 해야 한다. '어떻게 살 것인가?' 그래야 선택을 할 수 있다. 그 선택이 곧 질문에 대한 답이기 때문이다. 그 답은 명확하지 않아도, 다른 사람과 달라도 상관없다. 그러나 '어떻게 살 것인가?'라는 커다란 질문을 하지 않으면 매 순간 크고 작은 선택장애에 부닥치게 되고, 행복을 얻는 데 곤란을 겪게 될 것이다.

좋다. 자신의 생각과 형편에 맞게 선택을 잘했다고 치자. 그다음에 또 다른 문제가 도사리고 있다. 바로 실천의 문제다. 인간의 삶은 늘 선택과 실천의 과정을 거쳐야 하기 때문에 피해 갈 수가 없다. 실천에는 용기와 의지가 필요하다. 자신의 선택을 실천할 용기와 강력한 의지가 없이는 노력을 게을리 하거나 안 하게 되고, 그러면 질문과 선택은 없던 일로 되어버린다. 갑자기 소싯적에 공부한 특성요인도(Cause & Effect Diagram) 생각이 난다. 요컨대 선택과 실천이 질문에 대한 결과(effect)라면, 질문은 그에 대한 요인(cause)인 셈이다. 질문에 대하여 선택하고 실천하는 과정에 용기와 의지가 작용하는 셈이다.

삶은 질문인가, 실천인가? 끊임없이 우리에게 던져지는 질문이다. 어떤 선택을 하든, 어떻게 실천을 하든 부인할 수 없는 사실은 우리가 살아 있는 동안 끊임없이 질문하고 선택하여 실천하지 않으면 안 된다는 사실이다. 삶, 질문일까 실천일까? 질문이라는 요인 행위에 선택과 실천이라는 결과 행위를 반복하며 행복을 구가해 나가는 것이 삶의 과정이리라. 이 대목에서 '행위'라는 용어를 사용한 이유를 간파해야 한다. 무슨 질문을 하고, 어떤 선택을 하며, 어떻게 실천하느냐에 따라 행복지수는 달라지는 법이다.

‖ 2018. 11. 29.

자식은 부모의 아바타

저녁 수저를 막 들려 하는데 전화벨이 울린다. 대구에 내려가 있는 딸한테서 온 전화다. 간단한 안부를 나누고 나니 사촌 오빠의 상견례와 결혼 소식을 전한다. 딸을 통해 먼저 전해 듣는 소식이지만 반가운 소식이다. 또 조카 한 명이 완전한 성인으로 성장했음을 알리는 공식적인 사인이 온 것이다. 우리 집안은 그다지 살가운 혈통이 아니라 전화를 자주 하는 편이 아니다. 더구나 요즘은 SNS가 워낙 보편화돼서 웬만하면 직접 전화를 하기보다는 모바일 메신저를 주로 이용하는 편이다.

인사를 나누고 난 후 딸이 하는 얘기가 가슴을 울린다. 요즘 방영 중인 드라마를 우연히 봤는데 "문득 부모님 생각이 났고, 고맙다."라는 얘기다. 뭐가? 평소 드라마를 보지 않는 나도 며칠 전 아내 옆에서 마침 그 드라마를 잠깐 본 적이 있다. 어릴 적부터 철저한 부모의 관리로 최고의 대학에 들어간 아들이 부모에게 반항하다 마침내 가출을 하여 자기 집에서 일을 하며 자신의 마음을 알아주던 아가씨를 찾아가 이불 속에 있는 현장을 엄마에게 급습당하는 장면을 목도한 바 있다. 하늘이 무너져 내리는 심정으로 아들을 설득해 보려 하지만 부모를 향한 복수심으로 가득 차 있는 아들에게서 배신감만 느끼고 돌아선 엄마는 끝내 눈밭에서 엽총으로 자살하는 장면을 보고 소름이 돋았었다. 드라마라는 게 비록 '짜고 하는' 얘기지만 오늘 우리의 현실을 리얼하게 보여주는 장면이 아닐 수 없다. 수월성(秀越性) 교육을 한답시고 어릴 때부터 목표 스펙을 정해 놓고 아이를 몰아붙여 가는 현실 말이다. 꼭 그런 것은 아니지만 대체로 수도권에 가까울수록, 경제력이 좋을수록 그 도는 심해진다. 그러니까 여건이 좋을수록 아이들은 불행해질 확률이 높아진다는 등식이 성립하는 셈이다.

도대체 공부가 무엇인가? 공부는 왜 하는가? 근본적인 질문을 하지 않을 수가 없다. 자녀도 행복하지 않고 부모도 행복하지 않은 일을 엄청난 시간과 돈을 투자해서 자청한다는 사실에다 더 큰 문제는 삶의 과정에 있다. 투자하는 시간과 돈에 비례해서 부모와 자녀 모두 긴장감이 증대된다는 사실이다. 숨이 막힐 것 같은 가정의 분위기, 자녀와 팽팽한 신경전을 벌이며 일촉즉발의 순간순간을 넘어가는 곡예 같은 과정은 날마다 전쟁을 치르며 사는 것이나 다름없다. 그 시간들은 행복을 꿈꾸던 가정의 가치도 온데간데없다. 미래의 성공을 위해서 그 정도 수고와 희생은 감수해야 한다고 자위를 하지만 그건 변명에 불과하다. 자식을 통해 대리만족을 하거나 과시하려는 심리가 기저에 깔려있다.

딸이 고맙다는 포인트가 바로 거기에 있다. 아이 둘을 키우면서 사교육을 시키거나 공부를 강요해 본 적이 결코 없다. 다만 아이들을 진정 사랑하는 마음으로 부모로써, 인생의 선배로서 자녀가 심신이 건강한 인간으로 살아갈 수 있도록 양육하는 일에만 신경을 썼다. 다행히 자녀들이 건강한 사회인으로 자라줬고, 하고 싶은 일을 하며 잘살고 있으니 내가 오히려 고마워해야 할 일이다. 딸에게도 자녀를 그렇게 키워야 하지 않겠느냐고 했더니 당연히 그렇다고 화답을 한다. 서른을 넘긴 자녀가 드라마를 보면서 부모의 교육관이 옳았음을 이해하고 고맙다는 전화를 하니 오늘 나는 행복하기만 하다. 이 세상에 행복한 일이 많고 많지만 그중의 최고는 자녀들로부터 인정받는 일일 게다. 밥 안 먹어도 배부르고, 가진 게 별로 없어도 이미 난 부자가 된 기분이다.

식탁에서 아내와 단둘이 나누는 조촐한 저녁 식사가 오늘따라 나를 더 행복하게 한다. 살아오면서 실수와 허물도 있었지만 그래도 내가 가장 잘했다고 자신하는 것 몇 가지가 있다. 그 중의 하나를 딸로부터 확인받고는 기쁨을 가눌 길이 없다. 딸이 나에게 주는 최고의 선물이다. "승민아, 고맙다. 아버지의 깊은 뜻을 이해해줘서, 나의 생각을 존중해줘서, 그리고 너도 그렇게 살아갈 거라는 확신을 주어 정말로 고맙다." 자식은 부모의 아바타임을 확인하는 순간이었다. 고맙다는 그 한마디에 행복의 물결이 쉬지 않고 넘실대는 밤이다.

‖ 2018. 12. 3.

디지털 치매를 어찌하랴

21세기를 일컬어 '3D(Digital, Design, DNA) 시대'라고 한다. 3D는 인류의 삶 속에 깊이 들어와서 하루도 우리와 분리될 수 없는 중요한 요소들이 되었다. 그중에서도 누구에게나, 가장 보편적으로 영향을 미치는 요소가 다름 아닌 바로 디지털이다.

디지털 전자기기가 우리 생활 속에 급속도로 파고들면서 디지털 치매가 심각한 사회문제로 자리 잡아가고 있다. '디지털 치매(Digital dementia)'란 디지털 기기에 지나치게 의존한 결과 인식능력, 계산능력, 암기력 등이 저하된 증상을 일컫는다. 정보 통신 기술이 발달하면서 두뇌가 하던 일들을 전자기기들이 대신하게 됨으로써 생겨난 현대적 병리 현상이다. 디지털 기기에 친숙할수록 이

증상은 심해지므로 연령에 상관없이 나타나는 특징이 있다. 자주 사용하는 전화번호를 외우지 못한다거나 지인들의 이름을 제대로 기억하지 못하는 것은 기본이고, 방금 생각했던 일조차 기억을 못하는가 하면, 금방 물건을 놓아둔 위치를 기억하지 못하는 경우도 허다하다. 심지어는 전화기를 손에 들고 전화기를 찾아 헤매는 어이없는 일이 벌어지기도 하며, 어떤 주부는 전화기를 냉장고도 넣어두고 온 집을 다 뒤지는 어처구니없는 일도 벌어진다.

2013년 7월 온라인 리서치 기업인 '두잇서베이(DOOIT SURVEY)'가 5,823명을 대상으로 한 설문조사에 따르면 전체 응답자 중 33.7%가 부모·형제의 전화번호를 기억하지 못한다고 답했다. 직계 가족 외에 기억하고 있는 전화번호를 묻는 질문에는 36.2%가 1~2개라고 답했으며, 한 개도 기억하지 못하고 있는 사람도 16.7%로 집계되었다. 6개 이상 기억하고 있는 응답자는 15.6%에 그쳤다. 한편 하루 전날 저녁 식사 메뉴를 바로 기억하지 못하는 사람이 30%, 가사 전체를 외우는 노래가 하나도 없다는 사람이 45%였다. 설문조사 참가자 10명 중 6명은 기억이 잘 나지 않을 때 어떻게 하느냐는 질문에 "스마트폰으로 검색한다."라고 답해 심각한 스마트폰 의존성을 보여주었다.

예전에 즐겨 부르던 노래도 전자반주기의 자막을 보지 않고는 부르지 못하는가 하면 내비게이션의 도움이 없이는 길을 찾아가지 못하고, 손으로 기록하는 게 귀찮고 어색해 아주 간단한 것조차 컴퓨터 자판이나 스마트폰 메모장에 입력해야 하는 상황이 훨씬 더 익숙해졌다. 유아들은 태어나면서부터 아날로그보다는 디지털 정보에 길들다 보니 눈금으로 된 시계나 계측기를 금방 인식하지 못하는 등 디지털 시대의 전형으로 살아가고 있다. 그러다 보니 뇌세포의 사용빈도나 강도가 떨어지게 되고, 이는 정신 활동을 이용하고 제어하는 능력을 퇴보시킨다. 그 결과 인식능력, 계산능력, 암기력 등이 점점 저하되는 악순환이 반복되는 것이다. 급기야 국립국어원은 2004년 '디지털 치매'를 신조어로 등록하기에 이르렀다.

디지털 치매는 '무능해도 되는 삶'으로부터 비롯된다는 지적이 있다. 인간이 직접 처리해야 할 정보처리 과정을 모두 생략한 채 단축키나 버튼 하나로 기억력과 사고력을 대신해주는 디지털 장비들이 '기억하려는' 노력과 습관을 불필요하게 만들고, 결국에는 디지털 치매를 가져온다는 것이다. 2012년에 이미 한국 초등학생의 12%가 인터넷에 중독되어 있다는 통계가 있다. 디지털 치매가 매우 우려되는 상황이다.

하지만 디지털 치매를 생활환경의 변화에 따라 인간의 능력 또한 자연스럽게 변해 가는 현상으로 받아들일 필요가 있다. 미국인들은 단순한 계산을 잘못해 번번이 계산기의 도움을 빌린다. 웬만한 계산은 암산으로 척척 해내는 계산기는 우리가 보기에는 한심해 보이지만, 그들의 수학 실력은 우리보다 앞서 있고 모든 분야에서 골고루 최상위권을 유지하고 있다. 단순한 계산은 계산기에 맡기고 심도 있는 분야에 매진한 결과다.

캐나다의 미디어 이론가이자 문화비평가인 맥루언(Herbert Marshall McLuhan, 1911~1980)은 "기술이 발달함에 따라 인간의 능력은 얼마든지 확장될 수 있다."라고 했다. "자동차는 다리의 확장, 컴퓨터는 두뇌의 확장이라고 생각하고, 창조적 업무에 매진하라."는 것이다. 디지털 치매가 걱정되어 IT기기의 편리함을 외면하기보다는 이제 단순한 작업은 IT기기에 맡기고 우리는 더욱 창조적인 일에 매진할 때다.

단지 우려되는 것은 디지털 기기에 지나치게 의존하게 되면서 생기는 '지적 무기력(Intellectual Torpor)'이다. 해야 할 일을 디지털 기기가 짧은 시간에 정확하게 해결해 줄 것이라는 기대감에 무슨 일이건 부실하게 하고, 비논리적이고 단편적으로 사고할 우려가 있다. 언제든지 인터넷 포털 사이트에서 필요한 정보를 찾을 수 있는데 굳이 골치 아프게 사고하고 기억하거나 정보를 따로 모아둘 필요가 없다는 것이다.

기술 문명의 발달도 결국은 양날의 검과 같아서 빛과 그림자가 있게 마련이다. 과학기술의 첨단시대에 살고 있는 우리에게 요청되는 것은 IT 기술의 빛을 맘껏 누리되 그림자가 최소화되도록 신이 인간에게 선사한 최고의 선물인 이성을 연마하는 일에 게으르지 말아야 할 것이다.

‖ 2019. 2. 18.

재미있게, 의미 있게

꽤 오래전 퇴직을 한 나는 나름대로 재미있게 살고 있지만, 한편으론 의미 있게 살기 위해 애쓴다. 공부하면서 삶의 의미를 깨닫고, 다양한 놀이를 통하여 재미를 얻는다. 의미를 얻기 위해 꾸준히 공부를 한다. 어느새 60대 초반이지만 아직은 몸을 쓰는 데 크게 불편하지는 않아 축구도 한다. 축구는 내 놀이에서 절대로 뺄 수 없는 핵심 놀이다. 재미와 의미는 어쩌면 인생의 주제를 가장 함축적으로 나타낸 말일 것이다. 내 식으로 말하자면 '때로는 치열하게, 때로는 유쾌하게'이다.

요즘 젊은이들 사이에서는 재미있게 사는 것이 대세다. 그들은 미래의 행복을 담보로 현재의 재미를 포기하지 않는다. 더 이상

'엄숙주의'를 실천하지도, 신봉하지도 않는다. 오히려 엄숙하게 사는 삶을 멀리하면서 인간사회의 문제라고 여긴다. 본래 아버지나 교사 등 나이 많은 남자를 가리켜 청소년들이 은어(隱語)로 사용하던 '꼰대'가 근래에는 나이 든 사람이 구태의연한 사고방식을 타인에게 강요한다 하여 어른들을 싸잡아 표현하는 말로 사용되기도 한다.

그들은 '소확행(小確幸: 소소하지만 확실한 행복)'을 추구하며, '따분함'을 견디지 못한다. '대한민국은 기적은 이루었지만 기쁨이 없는 나라'라는 외신의 평가를 흔쾌히 인정한다. 오죽하면『하마터면 열심히 살 뻔했다』에 눈이 번쩍 뜨여 열광할까. 니체의 '운명애(Amor fati)'를 '연애'와 '축제'로 실천하려 한다. 하기야 얼핏 생각하면 "운명을 사랑하라(주어진 삶을 있는 그대로 받아들이라)."라는 말은 '너무 고민하지 말고, 현재를 즐기라.'는 뜻으로 해석하기 십상이다.

나쁘지 않다. 재미는 창의의 원천이며, 생활의 활력소가 된다. 좀 더 재미를 추구할 필요가 있다. 법과 도덕을 앞세워 재미를 말살해서는 안 된다. 때로는 유치하고 실없이 살 필요도 있다. 인간에 내재하는 본성을 억압해서는 안 된다. 재미야말로 일하는 이유이며, 삶의 청량제가 된다.

그러나 우리는 삶에서 재미 못지않게 의미를 추구해야 한다. 당장 즐겁지는 않더라도 주어진 일을 묵묵히 수행하며 일상을 잘 견뎌내는 뚝심, 어려움에 직면하면 문제의 근본원인을 찾아 해결해 내고야 마는 투지, 외롭고 힘들더라도 불의에 맞서 싸우는 정의감, 어려움에 대비하여 오늘 철저히 준비하는 유비무환의 자세 등은 인간이 의미를 추구하는 존재임을 보여주는 증거다. 아무리 재미를 추구한다 해도 이런 과정이 없이 인간은 살아갈 수 없다. 최소한의 의미 추구 없이 재미를 얻기는 어렵다는 얘기다. 그렇기에 효용과 낭만은 인간의 삶을 움직이는 두 개의 수레바퀴지만 효용이 우선이고, 낭만은 나중인 셈이다.

의미를 추구하는 사람은 자신의 몸을 소중하게 돌보는 데도 게으르지 않다. 건강한 몸을 유지하기 위해 절제된 생활을 한다. 고난을 겪을 때도 의미를 부여하며 잘 극복해낸다. 자신의 신앙을 지키기 위해 고통과 핍박도 기꺼이 감수한다. 중요한 일과 중요하지 않은 일을 구분하여 괜한 스트레스를 피해 가는 지혜가 있다. 목적이 뚜렷하며, 목적을 이루기 위해 꾸준히 노력한다.

욜로(YOLO, You Only Live Once)와 소확행이 대세인 시대에 어떻게, 왜 의미를 추구해야 하는지 곰곰이 생각해 보아야 한다. 재미를 추구하는 것도 유행처럼 지나갈 것인가, 아니면 점점 더 재미를 추구하는 쪽으로 문명이 전개되어 나갈 것인가 정확히 예측하기는 어렵다. 분명한 것은 재미와 의미 어느 하나도 인간의 삶에서 생략할 수 없다는 사실이다. 그렇다면 재미있게 살 것인가, 아니면 의미 있게 살 것인가? 이건 선택의 문제가 아니라 끊임없이 고민하면서 함께 안고 가야 할 숙제 같은 거다. 고민을 거듭하다가 이렇게 혼자 중얼거린다. "재미있게, 그러나 의미 있게!" 별수 없는 인간이다.

‖ 2019. 3. 14.

4대 보험 vs 행복보험

사회보장제도는 국민들이 질병, 재해, 실직(失職) 등의 불행을 당하더라도 최소한의 인간다운 삶을 보장할 수 있도록 국가가 공공 지원을 통하여 해결해 주는 제도다. 이는 여러 가지 복지제도를 확충함으로써 사회 불평등현상을 해결하는 역할을 하므로 국가가 선진화되면서 불가피하게 채택해야 하는 제도이기도 하다. 사회보험, 공공부조, 사회복지서비스가 대표적인 사회보장제도다.

우리나라는 국민들이 인간으로써 최소한의 안전과 행복을 누릴 수 있도록 보장하고자 4대 보험을 법으로 정하고 있다. 국민연금보험, 국민건강보험, 고용보험, 산재보험이 그것인데 이는 개인의 삶의 부침과 불확실성으로부터 국민을 보호해주는 최소한의 안전장치다. 사실 이들 보험이 법으로 제정되어 시행되기까지는 실로 오랜 시간이 걸렸다. 우여곡절 끝에 4대 보험이 시행됨으로써 이제는 다양한 사회보험 혜택을 통하여 국민들이 최소한의 인간의 권리를 누리면서 안심하고 살 수 있게 되었다.

하지만 인간의 삶은 참으로 다양해서 4대 보험으로도 해결할 수 없는 것들이 너무도 많다. 원만하지 못한 가족관계, 직장생활에서의 끊임없는 갈등, 사회생활 중에 겪게 되는 불편한 인간관계 등 보험으로 해결할 수 없는 일들이 부지기수다.

이를 해결하기 위해서는 전혀 다른 유형의 보험이 필요하다. 돈으로 살 수도 없고, 돈으로 지급되지도 않는 보험이다. 최인철 교수(서울대 심리학과)는 이 새로운 보험의 이름을 'I AM I(나는 나다.).'라 명명하였다. Intimacy(친밀감), Autonomy(자율성), Meaning & Purpose(의미와 목적), Interesting Job(재미있는 일)의 이니셜이다. 내가 나 자신으로 살 수 있도록 보장해주는 보험이다. 말하자면 '행복보험'인 셈이다.

첫 번째 행복보험 Intimacy는 사람들과의 원만한 인간관계로부터 얻는 기쁨이다. 원만한 부부관계, 자녀와의 친근한 소통, 직장에서의 원활한 의사소통과 업무협조, 주변 사람들과의 정감 있는 관계 등은 인간에게 행복을 선사하는 최우선 조건이다. 친밀감은 서로의 기쁨과 슬픔을 함께 나누는 통로가 된다. 기쁨은 나누면 두 배가 되고, 슬픔은 나누면 반으로 줄어드는 법칙을 몸소 경험하게 한다.

두 번째 행복보험 Autonomy는 타인으로부터 강요당하지 않고 자기 스스로 자기를 통제하여 삶을 이어가는 자율성을 말한다. 행복한 삶은 강요당하지 않는 삶이다. '행복해지기 위해서'라는 명분으로 강요하는 삶은 결코 행복할 수 없다. 수입이 다소 적더라도, 사회적 지위가 다소 손상되는 일이라도 자발적이고 능동적으로 하는 일이 훨씬 더 행복을 가져다준다. 행복의 본질은 어쩌면 자유인지도 모른다. 그렇다면 행복을 위한 실제 삶도 자유로워야 한다.

세 번째 행복보험 Meaning & Purpose는 삶의 과정에서 마주치는 일과 제반 행위들이 나에게 의미가 있고, 또 그 일과 행위들의 목적이 뚜렷하다면 희생과 수고를 기꺼이 감수하는 것이다. 급여가 다소 적더라도, 고통이 뒤따른다 해도, 인간적인 손해가 있더라도 의미와 목적을 확고히 가진 사람은 '고통에도 뜻이 있다.'라는 신념으로 끝내 고통을 극복해낸다. 오히려 고통을 통해 성장하게 되고, 그런 과정을 거치면서 행복을 누린다.

네 번째 행복보험 Interesting Job은 문자 그대로 재미있는 일이다. 끊임없이 계속되는 삶의 여정에서 일이 재미없다면 이건 정말 고통스럽다. 자기가 하는 일을 통하여 새로운 사실을 발견하고, 성취감을 맛보며, 자신이 성장해 가는 것을 체험할 때 인간은 행복을 느낀다. 임상심리학자 매슬로우(A. H. Maslow)는 유명한 '인간욕구 5단계설'에서 욕구의 최종 단계는 '자기실현(자아성취)의 욕구'라고 주장하였다. 자기실현의 필수조건은 일이 재미있어야 한다. 재미없는 일을 아무리 죽어라고 한다 해도 진정한 자아성취에는 도달하기 어렵다.

네 가지 행복보험에 가입하면 비로소 '내가 나 자신(I AM I)'이 된다. 소극적인 나, 강요된 나, 눈치 보는 나, 위장된 나가 아니라 있는 그대로의 나로서 적극적이고, 의욕적이며, 자신만만하고, 진솔한 모습으로 살아갈 수 있게 된다. 4대 보험은 불행한 일을 당한 후에 효력을 발휘하는 '처방' 성격의 보험이라면 행복보험은 불행한 일을 당하기 전에 미리 대비하는 '예방' 성격의 보험이다. 4대 보험에 가입했는지를 따져보기 전에 사람들과의 친밀성이 있는지, 자율적인 삶을 살고 있는지, 삶의 의미와 목적이 있는지, 그리고 재미있게 일하고 있는지를 자문해볼 일이다.

‖ 2019. 4. 15.

이모부의 기도

서류함을 정리하다가 몇 해 전 이모부로부터 받은 글을 발견하였다. 물론 그 당시 정독을 하고 보관해 두었지만 다시 읽는 순간 색다른 느낌으로 다가온다. 그건 그 글을 작성한 지가 10년이 넘어 이모부의 연세가 어느덧 87세가 되었기에 더욱 그렇다. 이젠 기억력도, 기력도 많이 쇠잔하여 예전의 이모부가 아니다. 옛날 같으면 오래전에 이 세상 사람이 아니겠지만 100세 시대가 된 지금은 그래도 강건한 어르신 정도에 해당한다.

"죽음을 앞두고 well dying을 생각해 본다."로 시작하는 그 글은 2008년 7월에 작성되었다. 독백이면서 유언이고, 유언이면서 기도문이다. 우리 나이로 76세던 그 당시에 죽음을 앞두고 있다고 생각하신 진정한 연유(緣由)를 나는 알 길이 없다. 그러나 불길한 예감에 연유했다기보다는 죽음을 삶의 연장선으로 보고 미리 대비하는 차원에서 작성한 것을 확인할 수 있다. 서두에 "2008년 7월 내 나이 76세, 늦었지만 죽음을 준비해야겠다고 생각해 본다." 라는 대목에서다.

이모부는 열여덟 살 되던 해 평양 제1고등학교 1학년에 재학 중 6·25 동란이 발발하여 학교에서 영문도 모른 채 트럭에 올라탄 게 부모 형제와 생이별이 되고 말았다고 회고한다. 어린 나이에 졸지에 전쟁고아가 되어 거제도 포로수용소를 거쳐 사고무친(四顧無親)한 부산에서 부두노동자 생활로 연명하던 중 아무리 어렵더라도 공부해서 반드시 꿈을 이루겠다는 굳은 의지로 부산 생활을 청산하고 상경하였다. 남대문시장에서 일명 '꿀꿀이죽'을 먹으며 지게꾼, 기와 제작, 빵 장사, 신문 배달 등 온갖 어려움을 겪으면서도 인창고등학교, 연세대학교를 졸업하고 수학교사를 거쳐 교장으로 퇴직하셨다. 초창기 교사 시절에는 우리 고향에서도 근무한 적이 있어 우리 형님들은 수학 과목을 이모부로부터 직접 배우기도 하였다. 지금은 경제적으로도 넉넉하고, 어려운 이웃들을 위해 아낌없이 쾌척하면서 베푸는 삶을 몸소 실천하시는 걸 보면 그야말로 성공한 자수성가(自手成家)의 표본이라 할 수 있다.

이모부는 이렇게 독백하고 있다.

"남한 땅, 객지 홀로 외로이 살아가면서 사귄 정든 친구들, 나에게 온정을 베푼 많은 이들이 하나둘 이 세상을 떠나가는데 나는 아직 살아 있는 것만으로도 감사하고 미안하다. 사랑한 만큼 사랑받고, 도와준 만큼 도움 받는 법인데 나는 심지도 않고 거두려고만 욕심내어 몸부림쳤던 허황된 과거를 생각하면 부끄럽고 후회가 된다. 그러나 아직 늦지 않았다. 죽기 전에 그동안 나에게 온정을 베풀어준 이웃들과 사회에 무엇인가 이타적인 것을 좀 남기고 이 세상을 떠나야 사람의 도리가 아닌가 생각해 본다. 남은 짧은 여생이라도 지난날 나의 못난 자존심과 독선으로 남을 이해하지 못하고 용서하지 못한 많은 죄와 후회된 삶을 회개하고 반성하면서 용서를 받고자 함이다. 앞으로 주어진 4~5년간 정성을 다하여 긍정하고, 이해하고, 사랑하고, 기뻐하고, 베풀고, 감사하는 아름다운 삶으로 거듭 태어났다가 저세상으로 가고 싶다. 내가 죽으면 시신을 병원에 기증하고, 화장된 유골은 산야에 뿌려져서 훗날 초야(草野)에 피는 민들레꽃과 같이 되고 싶다."

가슴이 먹먹해진다. 마음을 온전히 비운 구도자(求道者)의 모습이 어른거린다. 이모부는 예정한 4~5년을 훨씬 넘어 11년이 지난 지금도 건강하신 편이다. 기억력이 많이 감퇴된 것 외에 신체적으로는 크게 불편하지 않으시다. 산책도 하시고, 모임에도 나가시고, 시간이 많이 줄어들기는 했지만 컴퓨터도 잘하신다. 스마트폰으로 최신 정보도 공유하며 노년을 향유하고 계시다.

글의 말미에는 이렇게 적고 있다. "나는 만 80세, 2013년까지 내 손으로 모든 것을 정리하고 만 81세 되는 2014년 봄이나 가을에 홀가분한 마음으로 병원 신세 없이 죽음을 맞이하고 싶은 것이 나의 솔직한 심정이고 소원이다. 과욕인가? 천주님, 저의 소원을 이루도록 자비를 베풀어 주소서." 인간사 맘대로 되지는 않는 법이지만 소탈한 소망과 간절한 기도가 심금을 울린다. 이모부의 삶의 모범을 따라 고매(高禖)한 웰다잉을 벤치마킹하리라 다짐하면서 이모부의 기도대로 명징(明澄)한 노년을 위해 두 손을 모은다.

‖ 2019. 5.

인문학 강의 유감

퇴직을 하고는 종종 인문학 강의를 들으러 다닌다. 시간적으로도 여유가 있지만 인간의 삶의 무늬에 관심이 많은 터라 나에겐 여가생활로 안성맞춤이다. 고등학교 때는 문과였다가 대학에서는 공과 계열의 공부를 했지만, 생각은 언제나 인간의 행복에 초점을 맞추고 살아간다. 그러기 위해서는 인간의 삶을 관찰하고 이해해야 한다. 자연히 읽는 책도 인문교양 쪽이 많고 TV를 볼 때도 다큐멘터리를 주로 보게 된다.

요즈음 대학이나 지자체에서 운영하는 도서관마다 앞다투어 인문학 강좌를 개설하고 있어 마음만 먹으면 얼마든지 좋은 강의를 들을 수 있다. 인근 주민들이 질 높은 강좌를 가까이에서 접할 수 있는 기회가 엄청나게 많다. 예전 같으면 대학 강의에서도 누릴 수 없는 호사를 누리고 있는 셈이다. 우리나라 정말 살기 좋아졌다는 생각이 절로 인다. 참 감사한 일이다.

동서고금을 넘나드는 인류 문명의 다양한 모습을 간접적으로나마 경험하면서 이과(理科)에서는 습득하지 못한 자양분들을 골고루 섭취할 수 있음이 무엇보다도 좋다. 학문적 스펙트럼도 광범위해서 철학, 문학, 종교, 역사, 예술 등 다양한 범주를 넘나들며 생각 여행을 즐긴다. 그동안 나의 공부가 얼마나 편협하고 옹졸했는지 반성하며 헛웃음을 짓기도 한다.

그러나 대부분의 인문학 강의로부터 나름대로의 유익을 얻곤 하지만 가끔은 묘한 아쉬움을 남기기도 한다. 대개 두 시간 동안 진행되는 강의가 시간 가는 줄 모르고 지나가지만 때로는 지루하기도 하고, 아쉬움을 남기기도 한다. 그건 바로 다음과 같은 경우다.

첫째, 주제와 내용이 미스매치 된 경우다. 주어진 주제와 동떨어진 내용을 강사 본인도 잘 소화하지 못한 채 중언부언한다. 대개 주제를 너무 멋을 부려 선정한 경우도 여기에 해당된다. 나름대로 매우 철학적으로, 은유적인 주제를 갖다 붙여 놓았지만 내용과 제대로 부합되지 않거나 내용이 부적절하여 알아듣기도 이해하기도 난해하다. 강사 자신도 표현력이 미흡하여 제대로 전달하지 못한다. 이럴 때는 차라리 자기 전공 분야에서 주제도, 내용도 아주 쉽고 단순하게 설정하여 하는 게 좋겠다는 생각이 든다. 수강자는 전공도, 생각도 다양한 일반인들이기 때문에 더욱 그렇다.

둘째, 강사가 자신의 학문적 수월성(秀越性)을 자랑하려는 경우가 있다. 얼마든지 쉽게 설명할 수 있는 것도 이상한 현학적(衒學的) 표현을 끌어들이느라 애를 쓴다. 물론 그 분야의 전문적 지식을 알려주고 싶을 수도 있다. 그럴 땐 쉽게 설명을 한 다음 '이것을 철학에서는 ㅁㅁ라고 합니다.'라는 식으로 하면 훨씬 좋을 텐데 굳이 부자연스런 표현을 하려 한다. 다분히 강사 자신의 학문적 우월성을 드러내려 함이다. 그러나 수강자들은 다 안다. 그것이 강사의 무능함임을.

셋째, 인문학 자체가 너무 추상적이어서 주장하려는 목표나 내용에 비해 낭비적이라는 생각이 드는 경우가 있다. 이건 이과 공부에 익숙한 나의 다소 주관적인 생각일 수도 있다. 뭘 말하려는지 의도는 알겠는데 내용이 너무 추상적이다. 물론 인문학이 본래 자연과학이나 사회과학에 비해서 추상적이어서 짧은 시간에 명쾌한 답을 제시하지 못한다는 건 익히 알고 있다. 하지만 일반인을 대상으로 하는 인문학 강의에서는 유감일 수밖에 없다. 인문학적 소양이 부족한 일반인들에게 기초적인 단계를 생략한 채 너무 앞서가는 논리와 교훈을 들이대는 건 예의가 아니다. 쉽지 않겠지만 수강자 수준을 고려한 쉽고 명쾌한 강좌가 요청된다. 요컨대 '생활 속의 인문학' 정도로 구체적 비유를 들어주면 좋겠다.

넷째, 강의 내용도 딱딱하고 부실한데 재미까지 없는 경우다. 이건 그야말로 최악의 강의다. 모든 강의가 그러하지만 일반인을 대상으로 하는 강의, 그것도 인간의 삶을 다루는 인문학 강의라면 당연히 재미가 있어야 한다. 재미는 단순한 희화(戱化)를 넘어 강의에 빠져들게 함으로써 그 내용을 더 잘 이해하게 하고, 여운이 오래도록 남게 하는 효과가 있다. 자연과학에 비하면 웃을만한 요소와 가능성이 훨씬 많다. 그럼에도 불구하고 딱딱한 강의로 일관하는 강사는 무능하다고밖에 할 수 없다. 나는 요즘 『유머니즘』이라는 책을 읽으며 많은 도전을 받고 있다. '유머+휴머니즘'이라는 의미의 『유머니즘』에는 '웃음과 공감의 마음사회학'이라는 부제(副題)가 붙어있다. '유머니즘'은 유머를 위한 유머가 아니라 인간애(휴머니즘)로 연결되는 유머라는 의미가 담겨 있다. 유머는 척박한 일상에 윤기를 더해 주고, 허약한 지성에 생기를 불어넣는다. 인문학 강좌를 찾아오는 수강자들은 딱딱하고 생소한 인문학을 유머와 재미가 넘실대는 강의를 통해 쉽게 깨우치고 삶에 적용하려 한다.

가끔 아쉬움이 있어도 인근 도서관에서 인문학 강좌가 있다는 소식을 접하면 가슴이 설레고 지적인 기대감이 밀려온다. 오늘도 '고전(古典)으로 배우는 삶의 지혜 내 인생, 아모르파티'라는 인문학 강의를 들었다. 매우 유익하고 재미있는, 유머와 해학이 넘실대는 의미 있는 시간이었다. 강의가 끝나고 도서관에 앉아서 강의내용을 다시 음미하며 남은 내 인생 '아모르 파티(Amor Fati)'를 생각한다.

∥ 2019. 7. 24.

코로나 블루에 부는 대중문화의 훈풍

미스터트롯 오디션에서 최우수상(眞)을 수상한 임영웅의 팬클럽 '영웅시대'가 올여름 장마로 피해를 입은 수재민들을 돕는 데 써달라며 무려 9억여 원을 NGO 단체에 기부했다는 기사를 읽었다. '영웅시대'는 공식 팬 카페를 통해 '8월 11일부터 21일까지 수재민 돕기 모금에서 19,522건의 정성을 모아 8억 9,668만 2,219원을 24일 NGO 단체, '희망을 파는 사람들'에 기부했다.'라고 밝혔다. 대기업을 제외하고는 최고 금액이란다.

이건 절대로 예사로운 일이 아니다. 한 가수에 열광하는 팬들이 그 가수를 위해서가 아니라 사회를 위해서, 장마로 피해를 입은 사람들을 위해서 그 엄청난 모금을 할 수 있단 말인가? 여기서 주목해야 할 것은 그 중심에 이러한 팬심을 불러일으키는 가수가 있다는 사실이다. 그 가수 때문에 모인 팬들의 뜻이 하나로 모여서 이토록 갸륵한 일이 벌어진 것이다. 더욱 의미 있는 사실은 당사자인 임영웅 자신도 이 모금에 동참했다는 사실이다. 대중의 인기나 유명세를 위해서라면 당연히 개인의 이름으로 기부를 하겠지만 팬들과 함께 호흡하며 어려운 이웃들을 진정으로 헤아리고 돕고자 하는 진정성이 돋보이는 대목이다.

이에 앞서 임영웅의 또 다른 팬클럽 '임 히어로 서포터즈'는 지난 5일 '사랑의 열매 사회복지 공동모금회'에 1,500만 원을 기부한 바 있다. 이 기부금은 임영웅의 고향인 경기도 포천시 한부모 가정 및 다자녀 가정의 안정적인 주거환경 개선에 쓰일 예정이란다.

이러한 팬들의 미담은 임영웅의 선행과 맞닿아 있다. 임영웅은 '미스터트롯'에 출연하기 전에도 본인의 고향에 있는 '포천시 교육재단'에 지역인재 발굴을 위해 꾸준히 기부를 하는가 하면 '사랑의 연탄 나누기' 봉사활동을 해 온 것으로 알려졌다. 군고구마를 팔며 생계를 이어가는 무명의 시간을 보내면서도 어려운 사람들을 위해 나누고 봉사하는 삶을 실천해 온 것이다. 그런가 하면 자신을 비로소 전국에 알린 KBS '아침마당, 도전! 꿈의 무대' 노래경연에서 최우수상으로 받은 상금과 백화점 상품권을 모두 시민단체에 기부하기도 하였다.

그뿐만 아니라 '미스터트롯' 우승 후 거액의 첫 광고 모델료도 좋은 곳에 쓰고 싶다며 전액을 기부했으며, 그가 졸업한 대학으로부터 '모교를 빛낸 자랑스런 동문'에 선정되어 받은 상금 500만 원 전액을 후배들을 위한 장학금으로 쾌척하기도 하였다. 최근 아동복지재단 '꿈을 주는 과일재단' 측은 임영웅 씨가 재단에 1억 원을 기부했다고 밝히기도 했는데 이 기부금은 서울 지역 저소득층과 취약계층 아동 가정 200여 가구를 위해 사용될 것이라고 한다. 그는 어려웠던 무명시절부터 일약 스타가 된 오늘에 이르기까지 한결같이 어려운 이웃을 돌아보고 돕는 일을 몸소 실천함으로써 공인의 표상이 되고 있다.

그런 가수를 지지하고 응원하는 팬들도 덩달아 기부에 동참함으로써 가수와 팬들이 트롯이라는 가요의 한 장르를 넘어 바람직한 대중문화의 새로운 이정표를 함께 만들어가고 있다. 그 가수에 그 팬들이다. 임영웅이라는 가수가 불러온 대단한 센세이션이 아닐 수 없다. 진화하는 팬덤 문화의 일면을 보여주는 대표적인 사례라 할 수 있다. 임영웅뿐 아니라 '미스터트롯' Top 6 멤버들의 각종 기부소식이 여기저기서 들려온다. 이제는 좋아하는 연예인과 그 팬들이 '우리끼리' 좋아하고 서로를 지지하는 차원을 넘어 이웃과 사회를 보듬고 함께 삶을 나누는 성숙한 팬덤 문화가 자리 잡아 가고 있는 것이다.

연초에 시작된 코로나 19 바이러스 감염사태로 전 국민이 힘들어하고 있다. 뛰어난 의료서비스와 국민들의 높은 의식 수준에 힘입어 잦아들던 확진자 수가 갑자기 다시 급속도로 증가하면서 모두를 불안으로 몰아넣고 있다. 가급적 사람들을 집에 가두어 놓는 이 우울한 때에 이러한 미담은 우리에게 그나마 희망과 감동을 선사하는 희소식이다. 코로나 포비아에 휩싸여있는 국민들에게 힘을 불어넣어 주는가 하면 우리 사회에 희망의 메시지를 전달하는 대중문화의 영향력이다.

우리는 은연중에 대중가요를 '딴따라' 정도로 치부하곤 했지만 요즘 들어 그들의 노래를 들으며 심금을 울리는 감동과 여운에 전율하고 있다. 이를 무엇으로, 어떻게 설명할 수 있을까? 그들이 끼치는 선한 영향력에 어떻게 반응해야 할까? 그동안 나는 선한 영향력은 엄청 거룩한 그 무엇, 예컨대 종교적 행위 같은 것을 통해서만 기능한다고 믿어왔다. 그리고 대중가요 중에서도 트롯은 전혀 좋아하지 않았다. 생각해 보면 좀 부끄럽기도 하고, 천수답(天水畓)처럼 답답한 생각에 사로잡혀 있던 나를 들여다보게 된다. 지금도 솔직히 트롯은 좋아하지 않는다. 하지만 요즘 나는 Top 6 멤버들의 매력과 그들이 보여주는 우정에 매료되었다.

7개월째 계속되고 있는 신종 코로나 바이러스 감염증(COVID-19) 확산으로 코로나 블루에 사로잡혀 우울해 하는 우리에게 미스터트롯과 그 팬들이 보여주는 선한 영향력이 실감 나게 다가온다. 금명간에 한반도에 불어 닥칠 거라고 예보된 태풍 '바비'가 또 우리에게 큰 어려움을 주겠지만, 인간 세상에 불어오는 이러한 훈풍으로 능히 극복해 낼 것이라 믿는다. 코로나 바이러스로 발이 묶여 오갈 데 없는 오늘도 아내와 가까운 숲길 산책을 다녀와 우연히 '영웅시대'의 기쁜 소식을 접하고는 즉시 자판을 두드린다. 가수와 그 팬들이 만들어낸 미담에 거센 감동의 물결이 인다. 가히 '대중문화의 훈풍'이다. 코로나 블루에 빠진 우리 사회에 전해오는 가슴 따뜻한 사연에 감동하며 속히 코로나 바이러스가 소멸하기를 소망한다.

이 글을 쓰는 중에도 유튜브 창에 뜬 콘텐츠가 있어 열어보곤 또 한 번 감동한다. 미스터트롯 오디션 본선에서 진(眞)에 선정되어 부상으로 받은 구두 200켤레를 오디션에 함께했던 동료 전원에게 선물하기로 했던 약속을 지키기 위해 분초를 쪼개야 하는 빡빡한 일정 가운데서도 상품권 봉투에 일일이 수기로 메모를 해 가며 우정과 추억을 전하는 임영웅의 진지한 모습을 보며 감탄사가 절로 나온다. 그는 가수를 넘어 진정한 우리의 영웅이 되어가고 있다. 희망의 메신저로 우뚝 서 있다.

‖ 2020. 8. 25.

할머니의 목소리가 들려

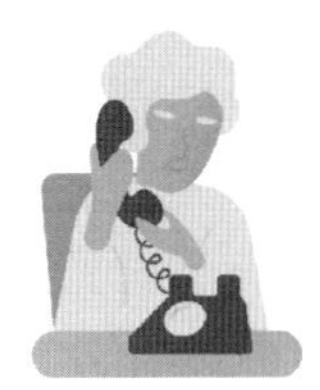

"여보세요~?", "남원이유?", "아닌데요~.", "미안해유." 아침 일찍 전화벨이 울리기에 번호를 확인해 보니 지역번호 061로 시작하는 일반전화다. 061이면 전남 지역이다. 그분이 지칭하는 '남원'이 전라북도 남원을 뜻하는지, 아니면 사람 이름인지 알 길은 없지만 단번에 연세가 많이 드신 할머니의 목소리임을 알아차릴 수 있었다. 그 짧은 통화를 하는 찰나의 순간에 어렴풋이 떠오르는 추억이 스쳐 간다.

전주에서 근무할 때 아침이면 종종 어떤 할머니로부터 전화를 받곤 했다. 당시 내 거주지가 대전이었던 터라 격일로 자택과 연구실에서 번갈아 잠을 자며 생활하고 있었는데 연구실에서 잠을 자고 일어난 아침에 종종 전화가 오곤 했던 기억이 난다. 밑도 끝도 없이

"막둥이냐?", "아닌데요. 할머니 어디 전화하셨어요?", "○○이 아녀?", "네, 아니에요. 아드님한테 전화하셨나 봐요?", "예, 우리 막둥이한테 혔어유.", "전화번호를 잘못 누르셨나 봐요. 다시 한 번 확인해보세요, 할머니.", "아이구, 미안혀라. 죄송해유."

며칠 있으면 또 전화가 온다. "막둥이냐?", "할머니, 안녕하세요. 전화번호를 자꾸 잘못 누르시나 봐요. 아드님이 어디 있어요?", "전주유.", "그래요? 전주는 맞는데요, 여기는 대학교의 교수연구실이에요.", "아이구, 선생님 미안허구만유.", "할머니 계신 데는 어디에요?", "군산이유.", "네, 군산요. 아드님이 많이 보고 싶으신가 봐요? 자주 전화하시네요?", "예, 우리 막둥이 엄청 보구 싶어유. 참 착해유.", "그럼 아드님한테 자주 전화를 하라고 하시지 그래요.", "아따 저 살기도 바쁜디 원제 전화하구 그러겠소잉~. 내가 해야지.", "네, 그렇군요. 할머니, 또 아드님 생각나면 전화하세요. 건강하시구요.", "아이구, 세상에 요즘도 요렇게 친절한 젊은이가 있당가? 아이구, 고마워라. 이 일을 워쩐대? 고마워유. 복 받을 거유.", "아니예요, 할머니, 미안해하지 말고 언제든지 또 전화하세요. 안녕히 계세요."

통화를 하면서 눈가에 이슬이 맺히고 가슴이 찡해 왔다. 할머니의 얘기를 들어보면 상황이 대충 그려졌기 때문이다. 짐작컨대 자녀를 여럿 둔 독거노인이었을 개연성이 크다. 다른 자녀들에 비해 막내가 그중 엄마에게 잘 대해 드리고 있었던 것으로 짐작된다. 열 손가락 깨물어 안 아픈 손가락 없다지만 산업사회 이후 인간사가 점점 팍팍해지면서 아픈 손가락과 이쁜 손가락이 구별되기 시작했다. '이쁜 손가락' 자녀가 한집에 살면서 노년의 고통과 외로움을 덜어주면 좋겠지만 여러 가지 현실적인 제약이 있다. 우선 먹고 사는 문제가 그렇고, 형제간의 복잡한 역학 구도가 그렇다. 현대의 가족관계를 들여다보면 어느 정도의 차이는 있지만 대부분 비슷한 상황이다. 그러나 자녀들만 바라보고 배고픔과 온갖 역경을 헤쳐 살아온 부모세대의 노년은 쓸쓸하기만 하다. (내가 모시고 있어 조금은 안위가 되었지만) 나의 부모님도 크게 다르지 않을 거라는 송구한 마음에 눈물이 핑 돌고 가슴이 아려왔다. 잘해 드리지 못하고 수시로 상처를 주지는 않는지 돌아보며 입술을 깨물었다.

할머니와의 짧은 통화를 끝내고 나면 한동안 깊은 생각에 잠기곤 했던 기억이 또다시 가슴에 파고든다. 이미 내 곁을 떠나신 부모님 생각에 가슴이 먹먹해진다. 오늘 아침 낯선 할머니의 전화를 받고는 군산에 사신다며 막둥이를 애타게 찾던 그 할머니의 목소리가 또다시 들려오는 듯하다. ‖ 2021. 1. 5.

휴가의 경제학

무더위가 기승을 부리고 있다. 여름은 당연히 더운 거지만 장마에 이상기후까지 더해져 견디기 힘든 계절이다. 그러기에 대부분의 직장에서는 혹서기를 전후하여 휴가를 준다. 하지만 코로나-19가 창궐하는 금년에는 선뜻 피서나 휴가를 떠나기도 찜찜하다. 감염의 위험과 방역수칙 준수라는 책임감이 중첩되어 고민에 빠진다.

우리네 삶에서 피서와 여름휴가는 이음동의어다. 그러나 사실 휴가와 피서는 좀 다르다. 휴가는 일단 노동으로부터 벗어나는 것이다. 휴가를 뜻하는 프랑스어 '바캉스(vacance)'는 비어있음, 결여, 결원, 멍함 등을 의미하는 말이니 요즘 유행하는 말로 '멍 때리기'

에 다름 아니다. 말하자면 일로부터 벗어나 멍하게 머무는 상태가 휴가인 셈이다. 하지만 계속해서 멍만 때릴 수는 없는 노릇이니 일에서 벗어나 뭔가를 즐기는 쪽으로 발전해 온 것이다. 그러니까 휴가는 일로부터 벗어나려는 의도와 뭘 하면서 그 시간을 보낼 것인지를 구상하는 적극적인 태도가 필요하다 할 수 있다. 엄밀히 말하면 지루하고 힘든 '일'이 없다면 휴가는 따로 필요치 않다. 휴가는 일에 대한 일종의 반대급부다. 한편 피서는 문자 그대로 본능적으로 싫고 힘든 더위를 피해 도망치는 행위다. 일을 하든 안 하든, 했든 안 했든 그냥 더위를 피해 도망가는 것이다. 그것은 다분히 인간의 자유의지에 달려있다.

역사적으로 보면 피서는 중세 귀족의 본능적인 행위에서 비롯되었고, 휴가는 노동이 체계화된 근대 시민의 적극적인 경험의 산물이라 할 수 있다. 노동에 종사하는 시민들은 노동으로부터 벗어나 있는 귀족들과는 달리 투쟁을 통해 여가를 쟁취해야 했다. 노동만 하다가는 일상의 즐거움도, 삶의 의미도 누리지 못할뿐더러 일만 하다 죽을 수밖에 없었다. 요컨대 피서는 인간의 본능에 근거한 수동적인 행위인 반면에 휴가는 일로부터 벗어나 생명과 삶의 의미를 지키려는 적극적인 행동인 것이다.

휴가와 피서의 개념을 구분해 언급했지만 이제 휴가와 피서의 구분 없이 소위 여름휴가에 관해 논해보자. 우리나라에서 여름휴가가 대중화된 것은 산업화와 밀접한 관계가 있다. 정확한 시기를 논하기는 어렵지만 60년대 중반 이후로 보는 게 중론(重論)이다. 농경사회를 벗어나 농촌인구가 도시로 차츰 이동하여 기계와 인간의 복잡한 조직 속에서 일을 하게 되면서 노동의 단조로움과 인간의 소외가 본격화되었다. 서구에서 시작된 기계화와 과학적 관리의 여파가 급속한 경제부흥에 박차를 가하던 한국에도 상륙한 것이다. 밤낮을 가리지 않고 규칙적이고 반복적인 일에만 종사하던 사람들이 즐길 거리를 찾기 시작했다. 왠지 소외된 것 같은 자신을 발견하고는 자아를 찾으려는 충동이 일었다. 열심히 일한 결과 얻어진 경제적 여유도 당연히 한몫했다. 여름휴가는 어느새 직장인들의 로망이 되었고 가족, 친구, 직장 동료 등과 팀을 이뤄 계곡으로, 바다로 몰려들었다. 버너와 코펠, 그리고 간단한 식재료를 배낭에 메고 가 자연 속에서 즐기는 휴가는 꿀맛 같은 휴식이었다.

꽤나 원시적이던 형태의 여름휴가는 자동차 시대가 도래하면서 보다 용이하고 현대화되었다. 동원되는 휴가의 물품이 많아지고 이동속도도 빨라졌다. 필요하면 언제든지 떠날 수 있는 여건도 마련된 셈이다. 자동차를 직접 운전하면서 「해변으로 가요」를 부르며 경부고속도로를 달리는 여름휴가의 광경은 격세지감을 느끼기에 충분하였다. 게다가 눈부신 경제성장에 힘입어 엥겔지수는 낮아진 반면에 문화생활에 대한 투자가 늘어나게 됨으로써 휴가를 포함한 여가생활의 비중이 빠른 속도로 확대되기에 이르렀다. 채식위주의 식생활에서 차츰 육식을 즐기게 된 식생활 패턴도 한몫했다. 삼겹살 열풍이라 할 만큼 삼겹살은 휴가에서 빼놓을 수 없는 음식으로 자리를 잡으면서 여건만 되면 야외 어디서나 삼겹살 바비큐를 하는 진풍경이 보편화되었다.

부산 해운대, 보령 대천, 포항 송도 등 해수욕장에는 해수욕을 즐기러 몰려드는 인파로 인산인해를 이루었다. 한해 해수욕 인파가 700만 명이 넘었다는 뉴스가 심심찮게 나오더니 급기야 1,000만이 넘었다는 뉴스도 등장하게 되었다. 해수욕장을 찾은 인구가 전 국민의 1/5 정도라면 산이나 계곡 등 다른 곳으로 떠난 사람까지 합치면 바야흐로 전 국민이 한 번 이상 여름휴가를 간다 해도 과언이 아닌 시대가 된 것이다.

일에 매달려 자신을 돌아볼 겨를이 없었던 시민들의 삶에서 잠시 일을 떠나 새로운 에너지를 얻고 상처 난 자아를 치유하려고 했던 매우 순수한 의도에서 시작된 휴가는 차츰 전혀 다른 방향으로 변해 갔다. 향락의 파도와 과소비의 물결이 넘실대게 된 것이다. 휴가는 자유와 휴식을 주는 치유의 시간이기보다 향락과 과소비가 허용되는 시간으로 대체되었다. 떠나는 자유와 낭만적 기대로 시작된 휴가는 과소비와 환경오염을 남기고 돌아오는 연례행사가 되었다. 열심히 일한 결과 떠난 휴가에서 돌아오면 상당한 피로감과 현실에의 부적응, 그리고 일정 정도의 부채(負債)에 마음이 무거워진다. 부채는 경제적·심리적인 것을 포함한다. 어찌 보면 현대의 우리네 삶은 고된 노동과 소비중독을 왕복하는 진자(振子) 같다.

개인적으로 여태 마음먹고 여름휴가를 떠나본 적은 없지만 휴가 시즌을 비켜서 피서 겸 잠시 길을 나서보면 그것도 만만치 않은 비용과 희생을 치러야 함을 절실히 체감하게 된다. 이제 여름휴가의 경제학을 논할 차례다. 물론 휴가의 다른 면을 배제하고 순전히 경제적 측면만을 살펴보자는 얘기다. 휴가와 경제학은 얼핏 어울리지 않는 미스매치의 뉘앙스가 있지만 한 번쯤은 짚어볼 필요가 있다.

우선, 시간의 경제를 보자. 대개 휴가는 가까운 곳보다는 계곡이나 바다가 있는, 거주지로부터 아주 먼 곳으로 가는 게 일반적이다. 정상적으로 이동해도 엄청 긴 시간을 움직여야 한다. 여기에 휴가철

교통체증이 더해지면 도로 위에서 보내는 시간이 목적지에서 보내는 시간보다 더 긴 경우도 있다. 보통 4~5시간은 이동하여 목적지에 도착하고 나서도 자리를 잡고 식사준비나 숙소 점검 등에 또 적지 않은 시간이 소요된다. 휴식을 위한 셋업에 그토록 오랜 시간을 투자해서 우리는 얼마나 잘 휴식하는가 따져볼 필요가 있다.

다음은 비용의 경제다. 본디 사람이 움직이면 돈을 쓰는 게 당연하다. 하물며 맘먹고 떠나는 휴가일 텐데 돈을 쓰는 건 지극히 당연하다. 아니 써야 한다. 그래야 소비가 진작되고 경제가 순환한다. 문제는 우리가 기대하는 기대치에 비해서 지나친 낭비가 발생한다는 사실이다. 나도 오래전 가족들과 밤낚시를 간다며 텐트를 산 적이 있다. 종종 밤하늘의 별을 헤며 자연을 벗 삼아 밤을 새울 기대에 부풀어 꽤나 큰돈을 지불했지만 그날 이후로 그 텐트를 사용해 본 적이 없다. 우리가 휴가 때 지불하는 대부분의 비용은 이와 비슷하지 않은가. 넘치는 먹거리와 어느 하나 모자람이 없는 준비물들, 빠짐없이 들어줘야 하는 가족들의 요청을 실현하기 위해 많은 비용을 지불한다. 그러고도 눈에 띄면 또 소비한다. 소비가 끝없이 이어진다. 진정한 휴식은 비용의 지불이 아니라 자유로운 영혼과 열린 마음, 자연과 세상 속으로의 생각의 접속인 것을 우리는 종종 잊고 산다.

최종적으로는 효용의 경제다. 지루한 운전의 노고와 엄청난 비용의 지불은 기대하는 효용가치의 실현을 전제한다. 과연 우리가 투자한 노력과 비용은 기대한 효용가치를 실현했는가? 그러려면 지루했던 이동시간과 넘치도록 준비해간 음식, 그리고 구성원들의 각양각색의 요구가 휴식의 기대치를 충족시켜야 한다. 언필칭 경제학에서 논의되는 편익/비용 분석까지는 아니어도 투자된 비용 대비 예상했던 휴식의 값어치가 얼추 맞아떨어지는 정도는 되어야 한다는 얘기다. 턱도 없는 값어치의 휴가를 위해 우리는 지나친 비용을 지불하지 않는지 돌아볼 일이다.

휴가를 위해 투여된 비용 대비 효과는 별로인 휴가 또는 엄청난 시간과 비용, 노력을 투자하고도 피로와 갈등만 남기는 휴가를 되풀이하고 있지 않는지 생각이 많아진다. 그럴 바에야 차라리 집에서, 아니면 가까운 그늘을 찾아 홀가분한 마음으로 더위를 식히며 휴식을 하는 편이 나으리라. 코로나 시국이라지만 차량의 이동량이 평소보다도 많고 전국의 관광명소에는 휴가객들로 붐빈다는 뉴스가 쉬지 않고 들려온다. 아뿔싸! ‖ 2021. 8. 3.

날이 저문다

"이모~, 오늘 오후에 올라갈게요.", "여보세요~. 어? 누구야? 어, 어…. 조카야? 어제 못 온다더니 어떻게…", "예, 시간이 애매해서 다음에 가려고 했는데 어멈이 오늘 좀 늦더라도 올라가자네요. 이따 뵙겠습니다." 전화를 드리면 "바쁜데 뭣하러 전화했어? 생각날 때 내가 하면 되는데." 하신다. 가끔 직접 찾아뵐라치면 "바쁜데 그 먼 길을 왜 왔어?" 하신다. 본디 마음이 여리고 배려심이 많아서 늘 그렇게 염려를 하시지만 내심 반가워하는 분위기다. 날이 갈수록 좀 더 그런 느낌이 든다.

코레일 앱으로 열차표를 예매하고는 서둘러 길을 나선다. 지난 4월에 이모부가 돌아가시고 아흔이 넘은 이모가 혼자 마포에 살고 계시다. 홀로 월남하신 이모부와 오랜 세월 함께 사시면서 누구나 그렇듯이 온갖 풍파와 고난 가운데 그래도 잘 살아오셨다. 두 분 모두 교직에서 훌륭한 교육자로 많은 제자들을 길러낸 참 스승이셨음을 우리는 지켜보았다. 퇴직한 지 이미 오래지만 지금도 스승의 날이면 제자들이 꽃바구니와 선물을 보내오는가 하면 안부 전화와 편지로 인사를 전해오는 걸 보면 결코 허투루 걸어온 교직의 길이 아니었음을 알 수 있다.

그렇지만 이모도 일가친척이 거의 없는 데다 이모부는 혈혈단신 월남한 터라 외롭게 살아오셨다. 예전에는 그냥 친척 중의 한 어른으로만 여겼지만 언젠가부터 그래선 안 되겠다는 생각이 들었다. 외로운 두 분의 삶에 조금이나마 벗이 되어드려야겠다고 생각했다. 특히 5년 전 엄마가 돌아가시고 난 후에는 이모를 엄마처럼 생각하게 되었다. 그분들도 남달리 우리를 예뻐해 주셨다. 아이들에게도 각별한 관심과 사랑을 베풀어 주시니 그저 감사할 뿐이었다. 인간관계란 언제나 그런가 보다.

타고난 총기가 있는 데다 연세에 비해 지력도 뛰어나셔서 그동안은 웬만한 중년 못지않았다. 나와 수시로 e메일을 주고받았고, 카카오톡으로도 자료를 첨부해서 보내곤 하셨다. 통화를 할 때는

30분에서 한 시간 정도씩 얘기를 나누었다. 자녀들은 모두 출가해서 살고 있고, 매월 꼬박꼬박 나오는 연금으로 여유 있는 노후생활을 하던 중 3년 전 이모부가 뇌출혈로 쓰러지셨다. 지난한 3년간의 투병 끝에 지난 4월 작고하시고 이모는 급격히 쇠약해지셨다. 하루하루가 다르게 연락이 뜸해지더니 전화를 드려도 잘 못 받으시는 때가 있다. 아주 가끔 주고받는 카톡도 전에 비해 현저히 원활하지 못함을 느낀다. 이상한 예감이 들기 시작한다.

2020년 초부터 시작된 코로나(COVID-19) 팬데믹이 길어지면서 자주 찾아뵙지 못한 세월이 빠르게 지나가고 있었다. 최근에는 이모부가 돌아가셨을 때 댁으로 찾아가 뵈었지만 정작 이모는 기력이 없어 장례식장에도 못 가시고 집에서 슬픔을 삼켜야 했다. 그 후로 자주 찾아 봬야겠다는 다짐을 했지만 계속되는 코로나 사태와 다른 일정들로 이제야 상경 길에 오른 것이다.

열차에서 내려 지하철에 막 올랐는데 전화가 온다. "어디야? 어? 뭐라구?" 잘 듣지를 못하시니 소통이 잘 안 된다. 주변에 미안하기는 하지만 좀 큰 소리로 현 위치와 이동 경로를 설명드리고 안심을 시켜드린다. 늘 그런 식이다. 다 큰 어른이 가는데도 지금 어디쯤인지, 어떻게 와야 하는지를 친절하게 설명하시려 한다. 그러니 시간을 지체할 수가 없다. 빨리 가서 안심을 시켜드려야 한다.

엘리베이터 문이 열리자마자 문밖에서 기다리시던 이모가 무척 반가워하며 희색이 만면하다. 얼른 다가가 이모를 안아보는데 어찌나 왜소한지 다리를 한껏 구부리고 팔에 힘을 빼야 한다. 순간 가슴이 아릿하다. 눈물이 핑 돈다. 원래도 작은 체구지만 이제는 말할 수 없이 왜소하다 못해 아기같이 연약하고 가냘프다. 나와 아내가 번갈아 포옹을 하며 해후를 만끽한다.

가사를 도와주시는 분이 막 다녀간 뒤라 집안은 잘 정돈되어 있다. 잘 자란 화초들과 깨끗한 주방, 화장실 등이 이를 말해 준다. 성격상 다른 사람에게 허드렛일을 시키지 못하는데 얼마 전부터는 하는 수 없이 하루 세 시간씩 가사도우미가 방문하여 식사와 청소, 빨래 등을 돕고 있다 한다. 다행이다. 작년 언젠가는 장을 보러 갔다가 대형마트 에스컬레이터에서 뒤로 넘어져 큰일이 날 뻔도 했기에 걱정이 많이 되던 차다. 진즉부터 배달이나 가사도우미를 이용할 것을 권했지만, 실행에 옮기지 못하던 차에 그걸 받아들인 것만 해도 큰 진전이다.

평소 전화로도 할 말이 그렇게 많은데 직접 대면하게 되었으니 얼마나 할 말이 쌓였겠는가. 처음 듣는 건 아니지만 그동안 살아 온 얘기며 최근에 있었던 일, 현재의 일상사, 심신 상태, 잘 알지 못하는 주변인들의 소식 등 끝이 없다. 맞장구라도 칠라치면 이젠 두세 번 반복을 해야 하고 톤을 높여야 한다. 그래도 행복해하시는 모습을 보며 나이 들어 느끼는 인간의 외로움을 충분히 알 것 같다.

갑자기 현관문이 열리더니 딸(이종 여동생)이 들이닥친다. 손아래 시누이와 양손에 뭘 한 보따리 들고 왔다. 얘긴즉슨 시누이들과 자주 모여서 반찬을 만들어 나누어 먹는단다. 오늘 마침 반찬을 하는 날이라 엄마에게도 가져왔다는 것이다. 갖은 반찬을 꺼내 일일이 이름을 써서 태그를 붙여둔다. 똑 부러지는 성품 그대로다. 오랜만에 만났지만 일행이 있어 긴 얘기도 못 나누고 아쉬운 작별을 해야 한다. 아쉽다.

좀 이르긴 하지만 저녁 식사를 대접할 요량으로 모시고 나가려니 손사래를 치신다. 도우미에게 부탁해서 저녁까지 밥을 해 놓았고, 반찬도 충분하단다. 결정적으로는 손이 너무 떨려서 창피하기도 하고 다른 사람들에게 부담을 주기 싫다 하신다. 대단지 아파트인 데다 편의시설이 잘 갖춰진 곳이라 엘리베이터를 타고 저층으로 내려가기만 하면 온갖 음식점들이 즐비하다. 이모부 계실 때도 내려가서 외식을 하곤 했는데 상황을 보니 이젠 어렵게 생겼다. 하나둘 안타까운 상황이 늘어나는 것 같아 마음이 편치 않다.

이모의 고집을 이기지 못하고 하는 수 없이 집에서 먹기로 했다. 요즘 아내가 팔목을 다쳐 수술을 한 관계로 두 달 넘게 살림을 도맡아 하다 보니 식사준비 정도는 손쉽게 할 수 있다. 있는 밥과 반찬을 꺼내 단출한 저녁상을 차려 셋이서 집밥을 먹자니 엄마 생각과 함께 얼마 남지 않았을 이모의 삶이 묘하게 오버 랩 된다.

애처로운 이모를 남겨두고 돌아가야 한다. 내일 일정만 없다면 하룻밤 같이 자면서 도란도란 말벗이 되어주련만 떠나야 한다. 언제나처럼 긴 작별인사를 하고는 서둘러 길을 나선다. "조심해서 가라, 늦을라, 어서 가라, 지하철 잘 갈아타라, 도착하면 전화해라…" 주문이 한 아름이다. 우리 모습이 사라질 때까지 자리를 뜨지 못하는 이모의 가녀린 모습에 가슴이 시리다. 이모의 삶이 얼마 남지 않았으리라. 하기야 이모보다는 아직은 낫지만 우리의 삶도 살아온 날보다는 훨씬 짧으리라. 사람이 백 년 천 년 살 것 같지만 쏜살같은 세월 앞에 누구나 초라한 모습으로 이생을 하직하게 되는 게 이치인 것을 이제야 깨달게 되다니. 이모에게도, 우리에게도 시간은 속절없이 흘러 떠날 때를 재촉하고 있다. 날이 저문다.

‖ 2022. 7. 21.

告

외칠거리

가끔은 세상을 향해 외치고 싶은 생각이 든다.
젊을 땐 깜냥도 안 되었거니와 용기도 없었다.
이 또한 흰머리가 가져다준 선물이다.

GIGO를 넘어

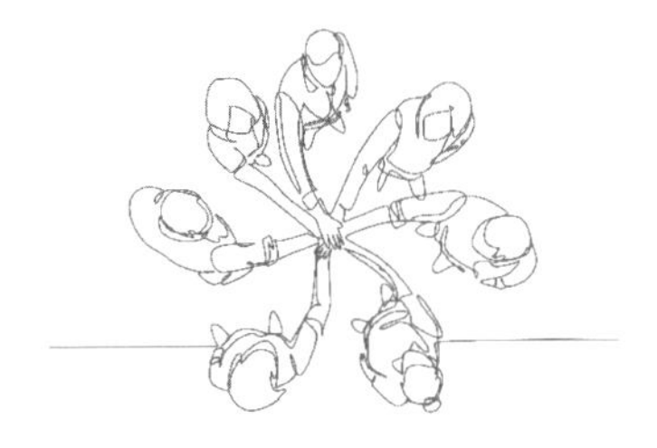

GIGO란 'Garbage In, Garbage Out'의 약어(略語)다. Garbage는 '쓰레기'라는 뜻이니까 결국 '쓰레기를 넣으면, 쓰레기가 나온다'는 말이다. GIGO는 원래 컴퓨터공학 또는 정보통신공학에서 주로 사용하는 개념으로 '무의미한(좋지 못한) input data를 넣으면 무의미한(좋지 못한) output이 나온다는 것'이다.

사람은 누구나 태생부터 몇 가지 바꿀 수 없는 인자들을 갖고 태어난다. 혈통, 가문, 생년월일 등이 그것이다. 이들은 인위적으로 바꿀 수가 없다. 그러기에 점성가나 미신을 이용한 상업주의자들은 이를 이용하여 사람들을 유혹한다. 여간 심지가 굳지 않은 사람들은 현혹되기 십상이다.

인생의 input 요소를 바꿀 수 없으니 운명대로 살란 말인가? 좋은 인자를 타고난 사람은 어떤 노력도 하지 않고 행복을 구가하며 살고, 그렇지 못한 사람은 조상 탓을 하며 기구한 삶을 살아야 한다면 이건 인간의 삶이 아니다. 그럴 순 없다. 불가항력적인 인자들을 극복하고 인생을 바꿀 수 있는 처방이 있다. 바로 교육이다. 그래서 부모들은 온갖 고난과 희생을 무릅쓰고서라도 자식들을 교육하려 든다.

교육의 요소는 크게 세 가지로 요약할 수 있다. 전문성, 인성, 그리고 영성이다. 전문성 교육은 우리의 생계와 직결된 것으로써 전문성을 길러서 생계를 유지하고, 전문성으로 남들로부터 인정을 받고 살아갈 수 있게 한다. 나아가서 전문성은 인류사회를 더욱 살기 좋고 윤택하게 한다. 인성 교육은 사람의 됨됨이를 가르쳐서 인간을 인격적, 사회적, 도덕적으로 성숙하게 한다. 영성 교육은 하나님의 피조물인 인간의 한계성을 인정하고 그를 의지함으로써 내세에 대한 소망을 갖고 살아가게 한다.

전문성은 학교, 학원, 기타 채널을 통해서 습득하는데 생존과 연관되어 있으므로 생계를 염두에 두고 본인의 소질과 적성 등을 감안하여 본인이 진로를 선택하고, 노력을 통하여 제고된다. 그러나 인성과 영성은 그렇지 않다. 한 인간이 어떤 일을 하며 살든 꼭 필요한 요소들이지만 금방 눈에 보이는 것도 아니고, 그것이 결여되어 있다고 해서 먹고 사는 데 당장 문제가 되지는 않으므로 특별히 신경을 쓰지 않는 경향이 있다.

그러나 교육의 본질은 전문성을 제고(提高)하는 데에만 있지 않다. 불완전한 사람을 보다 완전하게, 미성숙한 사람을 더욱 성숙하게 하는 것이 교육의 궁극적인 목적이다. 그러려면 인성과 영성에 대한 깊은 성찰이 있어야 한다. 그렇다고 현실에 발을 붙이고 사는 우리가 먹고사는 문제를 등한시할 수도 없기에 전문성, 인성, 영성은 어느 하나 소홀히 할 수 없는 교육의 요소인 것이다.

혈통, 가문, 생년월일 등은 인간의 태생적 input 요소이며, 과학에서는 input 요소가 좋지 못하면 output도 좋지 못하다고 한다. 그러나 우리는 교육을 통하여 이러한 태생적 input 요소 외에 전문성, 인성, 영성에서 얼마든지 input 요소들을 수정하고 신장시킬 수 있다. 말하자면 누구나 불가항력적인 태생적 input 요소들을 갖고 출발하지만, 교육이라는 변환과정(Transformation)을 통하여 한 인간의 삶의 질을 결정짓는 후천적인 input 요소들을 얼마든지 마련할 수 있다는 것이다. 이것이 교육의 위대함이다.

과학은 눈에 보이는 인간의 삶을 편리하게 하는 방편이지만, 근본적으로 삶을 변화시키지는 못한다. 제대로 된 교육은 전문성, 인성, 영성을 골고루 함양하여 훌륭한 인간을 만드는 효율적인 방편이다.

‖ 2012. 4.

축구인도 통탄하는 교회세습

"모든 인간에게 등장보다 퇴장이 훨씬 더 중요한 이유는 누구든지 자신의 마지막 무대에서 퇴장하는 그 모습 그대로 역사 속에, 사람들의 기억 속에 즉시 재등장하기 때문이다. 오늘 수십 년 동안 한국교회를 대표했던, 어쩌면 존경받는 모습으로 떠날 수 있었던 한 목사의 마지막 퇴장이 비참하게 '세습'이라는 이름으로 끝나고 말았다. 퇴장하는 모습 그대로 이미 한국교회 모든 이들의 마음속에 부끄러운 모습으로 재등장했다. 아무리 판단력과 분별력을 상실한 시대에 살고 있다고는 하지만 판단과 분별의 경계가 희미해진 사람들에게서 '판단하지 말라.'는 말을 듣는 것은 여전히 힘들다. 작은 생각으로 그저 다를 뿐인 것을 틀렸다고 판단하는 사람은 되지 말자. 그러나 분별력을 상실한 채 틀린 것을 단지 다를 뿐이라고 말하는 상실의 사람은 더더욱 되지 말자."

축구인이자 독실한 신앙인이기도 한 이영표가 '명성교회' 세습 사태에 대해 신앙인으로서의 참담한 심정을 지난 13일 자신의 페이스북에 올려 화제다. 호오(好惡)는 어느 정도 있었겠지만 짐작컨대 이영표도 존경했고, 많은 기독교인들이 존경해 왔던 김삼환 목사에 대한 기대가 산산조각난 데 대한 아쉬움과 안타까움이 절절히 배어 있다.

앞서 지난 12일 '명성교회'에서는 김삼환 목사(72)의 원로목사 추대 및 그의 아들인 김하나 목사(44, 새노래명성교회)의 위임예식이 있었다. 아버지 목사는 '주님이 은혜를 주실 것'이라고 아들을 축복했고, 아들 목사는 "하나님이 함께하시면 가장 아름다운 교회인 줄 믿는다."라고 화답했다. "명성교회는 교회법을 어기고 있다. 세습에 반대한다."라고 외치던 신도들은 끌려나갔다. 이로써 김하나 목사가 '명성교회'에 부임, 사실상의 '세습' 절차가 마무리됐다.

그동안 김삼환 목사는 "세습은 절대 없다. 아들에게 물려주는 것은 하나님의 뜻이 아니다. 교회가 상처를 입으면 안 된다."라고 말해 교계의 존경받는 어른으로 칭송되는가 하면, 아들 김하나 목사도 "세습 금지는 역사적 요구다."라는 말로 새 시대의 희망을 기대케 했지만 결국 공언은 오간 데 없이 공허한 다짐이 되고 말았다. 오히려 김하나 목사는 지난 10일 자신이 시무하는 '새노래명성교회' 구역장 모임에서 이렇게 밝혔다 한다. "지난주까지만 해도 명성교회에 가지 않으려고 최선의 노력을 다했고, 모든 방법과 일을 강구했다. 그런데 교회가 굉장히 어려운 상황을 맞아 이번 주일 사임해야 하겠다." 그리고는 바로 사임을 하고, 12일 주일에 부자(父子)의 '명성교회' 담임목사 '인수인계'에 착수한 것이다. 사전에 피차 합의하에 치밀하게 준비해 왔으면서도 피할 수 없는 일을 무거운 마음으로 어쩔 수 없이 받아들이는 것처럼 위장한 셈이다. 말하자면 "끝까지 자신은 명성교회를 세습할 의사가 없었지만, 명성교회가 위기에 처해 부득이 세습에 나설 수밖에 없다."라는 취지의 발언으로 세습을 정당화하려 든다. '내로남불'의 또 다른 전형이다. 그 아버지에 그 아들이다.

'명성교회' 창립자인 김삼환 목사는 '한국기독교교회협의회' 회장과 '세계교회협의회' 총회 대표대회장을 지낸 한국 개신교의 얼굴이어서 참담함은 이를 데 없다. 14일 같은 교단의 '장로회신학

대학' 광장에서는 신학생 300여 명이 모여 '부자세습 비판 기도회'를 열었다. 신학생들은 "교회는 목사 개인의 것이 아니며, 목사가 소유할 수 없는 것이다. 기독교는 돈 장사가 아니다. 기독교는 주식회사 예수가 아니다."라고 목소리를 높였다. 하지만 명성교회 측은 14일 JTBC '뉴스 룸'을 통해 "세습이라는 표현 자체가 적절하지 않다. 민주적이고 정당한 절차를 거쳐 이루어진 승계가 왜 문제가 되어야 하는지 이해를 못 하겠다."라고 밝혔다. 뻔뻔함의 극치를 보여준다.

이영표의 주장을 자세히 들여다보자. 등장과 퇴장, 그리고 퇴장의 결과 역사와 사람들의 기억 속에 즉시 드러나는 재등장. 마치 축구선수의 데뷔와 은퇴 같지 않은가? 그의 비판의 예리함은 그다음 표현에 들어 있다. "아무리 판단력과 분별력을 상실한 시대에 살고 있다고는 하지만, 판단과 분별의 경계가 희미해진 사람들에게서 '판단하지 말라'는 말을 듣는 것은 여전히 힘들다. 작은 생각으로 그저 다를 뿐인 것을 틀렸다고 판단하는 사람은 되지 말자. 그러나 분별력을 상실한 채 틀린 것을 단지 다를 뿐이라고 말하는 상실의 사람은 더더욱 되지 말자." 기가 막힌 말이다. 쉽사리 판단하지 말자는 얘기다. 그러나 생각 상실, 개념 상실 상태로 살지는 말자 한다. 사실 자체는 결국 너도나도 다 아는 사실로 드러나는 법이지만 이렇게 표현할 수 있는 참 신앙인, 그것도 축구인을 만난다는 건 놀랍다. '축구종족'인 내가 볼 때는 축복이고, 은총이다.

평생 운동장에서 공을 차며 살아온 축구인이 철학자도 표현하기 힘든 예리한 표현으로 안타까움의 변(辯)을 토해낼 수 있다는 사실이 그저 대단하다고밖에 할 말이 없다. 가슴을 치며 기도할 때 얻은 지혜이리라. 핵심을 관류(貫流)하는 표현도 표현이려니와 축구뿐 아니라 삶이 온통 신앙생활인 이영표도 입을 열어 비판하지 않고는 견딜 수 없는 '범법'을 목도하는 우리는 어떡하란 말인가? 자신은 정의와 불의의 외나무다리를 만나면 신속하게, 끊임없이 세속적인 계산을 하면서 교인들을 향해 '판단하지 말라.'고 외치는 사이비 목사들의 속을 들여다보고 싶다.

다 좋다. 의지가 박약한 인간이 어차피 약속을 100% 지키기는 어렵고, 또 어쩔 수 없는 상황이 왔다고 하자. 상가교회에서 시작하여 교인 10만 명에 연간 예산 1,000억 원의 거대한 '종교집단'으로 성장시킨 데 대한 인간적 욕심이 났다고 치자. "나는 생각이 별로 없었는데 주변에서 워낙 성화를 대는 바람에 거절하기가 어려웠다."라고 하자. 이런 상황들을 아무리 인정한다손 치더라도 교회 세습에는 다음과 같은 심각한 문제가 있다. 더구나 대형교회의 세습은 비난을 면키 어렵다.

첫째, 상황 논리가 아무리 옳다 해도 세상이 다 싫다는 걸 굳이 관철하겠다는 성직자의 '도꼬다이(特攻隊)' 정신이 문제다. 성직자가 뭔가? 하나님이 창조한 인간들을 창조의 섭리대로 살도록 인도하며, 위로하고, 그들에게 평안과 하늘나라의 소망을 갖게 하여 몸은 비록 피곤한 세상 가운데 살지만 영원한 안식을 얻게 될 그 나라를 바라며 살도록 안내하는 사자(使者)가 아니던가? 그런데 삶의 본을 보이며 위로와 평안, 하늘나라의 소망을 주기는커녕 사람들이 제일 싫어하는 일을 끝내 저질러 그들을 화나게 하고, 이를 응징하려는 악한(?) 생각을 품게 한다면 이건 차라리 없는 것만 못하다.

둘째, 목사직 세습은 교단의 법을 어기는 범법행위다. '명성교회'가 소속해 있는 '대한예수교장로회' 통합측은 2013년 9월 11일 제98회 총회에서 세습방지법안을 84%의 압도적인 찬성으로 통과시킨 바 있다. (그에 앞서 기독교대한감리회가 2012년 가장 먼저 제정한 바 있다.) 총회는 평신도들은 참가 자격조차 부여되지 않는 목사,

장로들의 의결기구가 아니던가? 자기들이 정해 놓은 법을 스스로 파기해 버리는 범법행위를 저지르고 있는 것이다. 교인들이 조금이라도 교회 일에 이의를 제기할라치면 “순종하라, 순종이 제사보다 낫다.”, “당회의 결정을 존중하라. 거스르는 자가 되지 말라.”라고 윽박질러 놓고는 자신의 사리사욕을 채우기 위해 상황 논리를 들이대며 교묘히 둘러대는 ‘구차한’ 속물로 전락하고 말았다.

셋째, 교회 세습의 핵심에는 ‘부자’라는 키워드가 있다. 목회자의 생활비조차 보장되지 않는 열악한 교회에 세습이 문제 된 적이 있나? 원컨대 그런 교회의 세습을 보고 싶다. 그런 운동이 불길처럼 일어나기를 소망한다. ‘먹고 살 만한’ 대형교회의 세습이 늘 문제다. 세속적인 부와 명예를 얻으려는 ‘속물’ 근성의 극치를 보여준다. “부름받아 나선 이 몸 어디든지 가오리다. 아골 골짝 빈들에도 복음 들고 가오리다.” 목사가 될 때의 다짐과 소명의식은 오간데 없고 세속의 달콤한 맛에 젖어 정신을 차리지 못한다. 자신이 없으면 애당초 그 길로 들어서지 말았어야 한다. 목사직을 권력과 연봉으로 계산하는 ‘직업’으로 전락시키는 ‘모범’은 원치 않는다.

종교개혁 500주년을 맞아 한국교회는 개혁되어야 한다며 도처에서 자성의 목소리가 드높다. 이와 관련한 다양한 사업들도 진행되고 있다. 하지만 내로라하는 목사들과 대형교회의 타락상은 이 모든 걸 비웃기라도 하듯 계속되고 있다. 마침내 목회와는 상관이 없는 축구인마저 통탄하는 지경에 이르렀다. 또 한 번의 종교개혁에 불을 지피는 건가? 깊은 고민에 잠긴다. ‖ 2017. 11. 15.

문제 풀래? 질문 할래?

얼마 전 16개 시·도 중학생 2,171명을 대상으로 '청소년의 인성에 영향을 미치는 요인'을 조사한 결과가 발표되었다. 주요 요인으로는 부모와의 대화, 부모의 인성 수준, 장래희망, 부모의 학력 수준, 부모와의 동거 여부 등이 차례로 꼽혔다. 자녀의 인성은 부모로부터 가장 많은 영향을 받는다는 분석을 가능케 한다.

그러나 상급학교 진학부터 취업에 이르기까지 인성이 중요한 평가요소로 자리 잡은 지금도 대부분의 부모들은 자녀의 인성 향상을 학원에 맡기고 있는 현실이다. 물론 바쁘고 복잡한 현대생활 때문에 어쩔 수가 없다는 이유를 든다. 학업성취도 향상에 목을 매던 터에 이제는 인성까지 학원에 맡겨놓고 자녀의 인성이 무럭무럭 향상되기를 기대하고 있다. 학업성취도에 인성을 더하여 성적으로 평가하는 시스템에 학부모의 요구까지 곁들여져 그야말로 배움이 '거래'가 된 형국이다. 하지만 교사의 절반 이상은 청소년의 인성이 지금보다 나아지지 않을 것 같아 걱정을 하고 있단다. 이래도 성적에 목을 매는 입시교육을 계속할 것인가? 심각하게 고민해야 한다.

인성은 운동, 토론, 야영, 체험학습 등 다양한 신체활동과 체험활동을 통하여 극기능력, 배려심, 사회성, 협동 정신을 함양함으로써 길러진다는 것은 주지의 사실이다. 알면서도 이를 과감하게 실천하지 못하는 데는 '평균적' 인간에서 벗어나는 데 대한 두려움이 내재되어 있다. 끊임없이 주변의 청소년들을 살피며 그들과 비교하는 비교의식도 한몫하고 있다.

하지만 인생을 남들처럼 살 필요는 없다. 내가 보람을 느끼고, 내가 만족하며, 내 일을 통해서 남을 이롭게 하는 일이라면 충분히 행복을 누릴 수 있다. 이를 위한 청소년교육 전반의 틀을 바꿀 필요가 있다. 차제에 그 대안으로 다음과 같은 방안을 제안한다.

첫째, 학업 위주의 입시교육을 중단해야 한다. 둘째, 청소년에 대한 세심한 관심과 대화가 절실하다. 셋째, 인간성을 회복하기 위하여 가정과 학교, 사회와 기업이 함께 힘을 모아야 한다. 넷째, 다양한 신체활동과 체험활동을 확대, 실천해야 한다. 다섯째, 높은 학업 성취도보다 좋은 인성을 가진 사람이 더 행복하게 살 수 있다는 모범을 어른이 보여줘야 한다. 여섯째, 인간에게 중요한 '가치'에 대한 새로운 인식과 가르침이 필요하다. 일곱째, '무엇을 할 것인가?'보다 '무엇을 멈출 것인가?'를 고민해야 한다.

청소년은 어른의 거울이다. 그들은 부모와 어른들의 삶의 양식을 보고 배우며 성장한다. 어른의 생각이 바르고 건강할 때 우리 청소년들도 심신이 건강한 인간으로 성숙해간다. 뚜렷한 이유도 모른 채 문제만 푸는 청소년들에게서 희망을 찾을 수는 없다. 공부하며 터득한 지식과 정보로 삶과 세상을 향해 끊임없이 질문해야 한다. 인간의 삶을 성찰하는 학문인 철학도 질문에서 출발한다. 질문이 없는 삶은 진정한 의미에서 삶이 아니다. 우리는 자신을 향해, 청소년들을 향해, 세상을 향해 정직하게 물어봐야 한다. "문제 풀래? 질문 할래?"

‖ 2017. 12. 18.

'어의 없내요' 정말

중앙일보 '우리말 바루기'에 소개된 제목 그대로다. 담당 기자가 밝힌 어느 SNS 댓글은 이렇다.

"어의 없내요. 맞춤법 좀 틀린다고 공항장애니 바람물질이니 하시는 분들 지금 임신공격하세요? 안그래도 수간신청 망해서 기분 안좋은데 일해라절해라 하지 마세요. 대학 나왔다고 맞춤법 잘 알거라는 고정간염도 버리세요. 시렵게 가려다가 오회말카드 마킹 잘못해서 입문계 된거니까요. (중략) 다른 이슈에 간심을 가지는게 낳을듯해요."

한글 파괴의 극치를 보여준다. 댓글의 내용으로 보아 인문계 고등학교를 졸업하고 대학에 막 입학한 신입생으로 보인다. 인문계를 나왔건, 실업계를 나왔건 한마디로 기가 막힌다. 이건 글이라고 할 수가 없다. 진짜라고 믿어지지 않을 정도다. 물론 극단적인 한 예를 보여준 것이겠지만 문자 메시지나 SNS에는 그 외에도 "빨리 낳으세요.", "개 예기로는 그랬써요.", "무리를 일으켜서 죄송합니다.", "구지 그렇게 해야 하나요.", "이 정도면 문안하지 안나요." 등 엉터리 표현이 셀 수 없을 만큼 등장한다. 맞춤법에 맞게 쓴 글이 거의 없다. 물론 SNS 자체가 어느 정도의 재미와 장난기가 양념으로 작용한다손 치더라도 이건 재미나 장난기를 넘어 한글에 대한 '무식'의 발로요, '몰염치'에 다름 아니다. 문장을 꼼꼼히 분석해보면 확실히 알 수 있다. 시쳇말로 장난이 아니다.

그런가 하면 자신과 직접적으로 연관된 사건이나 이야기를 남의 이야기하듯 말하는 유체이탈 화법도 문제다. TV에서 주말 또는 휴일 뉴스 시간에는 유원지나 관광지를 찾은 사람들을 직접 만나 인터뷰한 내용을 보도하곤 한다. 그때 인터뷰에 응한 사람 대부분의 표현이 "화창한 날씨에 아이들과 함께 나와서 구경도 하고 맛있는 것도 먹고 하니까 참 좋은 것 같아요.", "너무 재미있는 것 같아요.", "아침에 와이프하고 트러블이 있었는데 지금은 다 풀려서 기분이 너무 좋은 것 같아요." 유체이탈 화법의 전형이다. 이런 표현은 스포츠 뉴스에서도 어김없이 등장한다. 승리한 팀의 선수를 인터뷰하면서 오늘 승리한 소감을 물으면 "선수들이 하나로 똘똘 뭉쳐서 오늘 한 번 잘해보자고 했는데 약속대로 승리하게 돼서 참 좋은 것 같아요.", "감독님의 기대에 어긋나지 않는 결과를 얻게 돼서 더 좋은 것 같습니다."

좋으면 좋지 '좋은 것 같다.'라니 정말 '어의'가 없다. 우리가 잘 아는 바, '~같다'라는 말은 '비가 올 것 같다.', '무슨 일이 생긴 것 같다.'와 같이 추측이나 불확실한 사실을 나타낼 때 쓰는 표현이다. 자신의 기분이나 감정을 '~같다'라고 표현하는 것은 말이 안 된다. 자신이 이미 갖고 있는 기분이나 감정을 추측하다니 그럼 누가 안단 말인가? 유체이탈 화법을 쓰는 것 자체도 문제려니와 이런 화법을 쓰면 자신감이 없어 보인다. 또 자신의 감정이나 생각을 정확하게 드러내지 않음으로써 책임을 회피하려는 인상을 준다.

존댓말을 남발하는 것도 문제다. "주문하신 상품 나오셨습니다.", "이거 따뜻해지시면 드세요.", "구두가 너무 멋지신 거 같습니다." 등 열거하자면 끝도 없다. 이런 표현은 주로 백화점이나 마트, 식당 같은 곳에서 서비스에 종사하는 사람들이 주로 사용하는 잘못된 표현이지만 일반인들도 아무 거리낌 없이 사용하고 있다.

나는 중학교에 입학해서부터 영어를 배우기 시작했다. 그 당시에는 듣도 보도 못하던 꼬부랑 글을 배우는 건 여간 어렵지 않았다. 시험을 볼 때면 어렵기도 하거니와 가뜩이나 긴장하는 바람에 조금만 집중력을 잃었다가는 틀리기 십상이었다. 영작 문제의 경우 근근이 문장을 다 맞게 작성해 놓고는 마침표(Period)나 쉼표(Comma)를 안 찍으면 가차 없이 ×표를 받아야 했다. 점 하나도 문장에서 중요하다는 거다. 맞다. 말과 글은 '아' 다르고, '어' 다르다. 맞춤법, 띄어쓰기, 문장부호 모두가 말과 글의 뜻을 결정하는 중요한 요소다. 지금도 외국어에서는 그 원칙이 변하지 않았다. 그런데 왜 모국어인 한글을 우리는 이토록 파괴하고 있는 건가? 이해할 수 없다. 취업이나 진학을 앞둔 청년들에게 토익점수가 절체절명의 스펙이라고 난리를 치는 판에 한글은 이토록 홀대를 받아야 하는가? 부끄럽다. 이것이야말로 문화 사대주의다.

급기야 2014년 9월 25일자 중앙일보 하단 광고란에는 "우리말을 이대로 두어도 괜찮겠습니까?"라는 성명서가 등장하기도 했다. 그런데 성명서의 주체가 '서울대학교 지질학과 62학번 일동'이다.

계산해 보니 62학번이면 72세다. 광고비도 자비로 했을 거다. 단순한 생각에 전국의 각 대학에 거의 다 국문학과가 있는데 왜 하필이면 지질학과 졸업생, 그것도 연세가 지긋한 분들이 자비로 이런 성명서를 내야만 했는지 참으로 아이러니다. 기실 나도 혼자 이름으로라도 조만간 이와 유사한 광고를 내고 싶었다. 언젠가 우리 주변에 잘못된 우리말의 표기들을 분야별로 정리하여 논문을 쓸 의향도 갖고 있다.

우리는 한글의 우수성을 예찬하고, 세종대왕을 민족의 성웅으로 기리면서도 정작 한글 사랑은 고사하고 이토록 한글을 무참히 파괴하면서 부끄럽거나 바로 잡으려는 절박한 노력이 보이지 않는다. '어의'가 없다 정말! 한글의 우수성은 과학적으로도 상당히 입증되어 외국의 대학에서는 한국어학과가 속속 개설되고 있으며 한국어는 중국어, 스페인어와 함께 가장 떠오르는 언어로 각광 받고 있다. 하지만 우리는 이토록 우수한 한글을 홀대하고 있으니 안타깝기 그지없다. 모든 문화는 언어에서 출발한다. 올바른 한글사용이야말로 우리 문화발전의 출발이요, 국격을 높이는 지름길이다. 주문하신 상품이 '나오시는' 일은 적어도 없어야 한다. ‖ 2018. 1. 9.

절제만이 해답이다

동네 마트에서 간단한 간식거리나 생활용품을 산다. 카운터에서 계산을 끝내면 아무리 간단한 물건이라도 기꺼이 비닐봉지에 담아준다. 매주 장이 서는 아파트 장터나 재래시장도 다르지 않다. 검은색 비닐봉지는 아예 몇 겹을 더한다. 한번 담은 걸 또 담아 준다. 가장 후한 인심을 경험하게 되는 순간이다. 넉넉한 비닐봉지 인심에 마음의 짐은 점점 더 무거워진다. 하지만 대개는 아무런 죄의식이나 저항감도 없이 이런 현실을 받아들인다.

어느새 우리네 삶이 이렇게 '포시랍게' 됐다. 그러는 사이 쓰레기 대란이 일어나고, 지구는 중병에 걸려 힘들어하고 있다. 마침내 전 세계 폐기물의 절반 가까이를 수입하던 중국이 폐기물 수입을 거부하는 사태가 벌어지고서야 비상이 걸렸다. 재활용 쓰레기 대란에 따른 대처방안으로 지역에 따라 공동주택의 일회용품 수거를 중단하는 조치를 취한 것에 대해 졸속이니 뒷북행정이니 왈가왈부 말이 많다. 물론 환경부의 합리적인 대안과 더불어 차제에 효율적인 일회용품 감소정책이 마련되어야 한다. 그러나 아무리 신통방통한 대안이나 정책을 내놓아도 근본적인 쓰레기 해소 방안은 되지 못한다. 고도의 과학기술과 첨단의 호화생활이 버무려진 현대사회 자체가 이미 너무나 많은 쓰레기를 배출할 수밖에 없는 구조를 만들어 놓았다.

통계자료를 보면 대한민국은 안타깝게도 재활용 쓰레기 배출량에서 최상위를 차지하고 있다. 국민 한 사람이 연간 사용하는 일회용 컵이 510개, 비닐봉지가 420장, 포장용 플라스틱이 62kg이라 한다. 총량으로 환산하면 우리 국민들은 줄잡아 일회용 컵 255억 개, 비닐봉지 210억 장, 포장용 플라스틱 31억kg을 1년에 사용하는 셈이다. 1인당 비닐봉지 사용량은 핀란드의 100배에 달하고, 플라스틱 사용량은 세계 2위에 해당한다. 너도나도 일회용 컵에 담긴 커피를 들고 다니고, 가정마다 페트병에 담긴 생수를 주문해서 받아 마신다. 가정이나 직장에서 주문해 먹는 음식은 밥이며 반찬을 대부분 일회용 용기에 담아 배달한다. 우리는 간편하다는 이유로 일회용품을 아무 죄책감 없이 무분별하게 사용해 왔다.

비닐 제품은 만드는 데 1초, 사용하는 데 20분, 분해되는 데 400년이 걸린다니 사실상 자연분해가 안 된다는 말이다. 그 결과 지금 대서양에는 한반도의 15배에 달하는 쓰레기 무더기가 떠다니고 있고, 이만한 쓰레기 더미는 3개나 더 있다고 한다. 위기의식을 느낀 덴마크는 1993년 세계 최초로 종이와 비닐봉지에 세금을 도입하였다. 아일랜드는 2002년 '봉지세'를 도입하여 비닐봉지 사용량을 90%나 줄일 수 있었다. 또 케냐는 2017년 비닐봉지 사용을 전면 금지하고, 위반 시 벌금 38,000달러 또는 최고 4년의 징역형을 부과하는 혁명적 조치를 취한 바 있다.

선진국들은 일회용품의 사용을 규제하는 강력한 제도를 준비하고 있다. 영국, 스웨덴, 덴마크 등은 캔, 병, 플라스틱 등에 보증금을 부과하는 방안을 도입하기로 하는가 하면, 프랑스는 2020년부터 비닐봉지와 플라스틱 컵, 접시 등 썩지 않는 일회용품 사용을 금지하기로 했다. EU(유럽연합)는 2030년까지 모든 일회용 포장지를 재사용하거나 재활용 포장지로 바꾸기로 정했다. 하지만 재활용 쓰레기 배출량에서 최상위를 차지하고 있는 우리

나라는 아직 구체적인 방안이나 정책이 수립되어 있지 않아 대안이 시급하다.

그러나 아무리 신통한 방안이나 정책이 나오더라도 국민들의 소비문화 개선 없이는 효과를 기대하기 어렵다. 자원의 낭비를 줄이고 환경을 지키는 일에 모두가 촉각을 곤두세워야 한다. 생활의 불편을 기꺼이 감수하고서라도 일회용품의 사용을 줄이지 않는 한 어떤 해답도 있을 수 없다. 이미 배출된 일회용품은 어디선가 처리가 불가피할뿐더러 어떤 형태로든 환경을 오염시킬 수밖에 없기 때문이다. 자원의 낭비를 줄이고 환경파괴를 저감하려면 재처리가 필요한 일회용품을 적게 쓰는 수밖에 없다. 절제만이 해답이다.

‖ 2018. 4. 10.

함께 외로운 시대

아침에 눈을 뜨자마자 스마트폰을 켠다. 카톡이 울어댄다. 이어서 문자 메시지 도착을 알리는 신호음과 e메일 등 밤새 도착한 각종 시청각 정보들을 알려주는 신호가 계속 울려댄다. 성격이 아주 느긋한 사람이 아니고서는 당장 확인을 해야 직성이 풀린다. 하지만 대개 특별한 의미를 담고 있는 정보는 별로 없다. 때로는 황당하고 근거 없는 정보가 우리를 온통 혼란에 빠뜨린다.

스마트폰 덕분에 우리는 과학의 첨단에서 편리함을 만끽하고 있다. 세상 저쪽 끝에 있는 사람들과 대화를 나누고, 사진을 교환하기도 하며, SNS 내용을 보고 '좋아요'를 누른다. 참 좋은 세상이다. 순간 세계인·국제인이 된 뿌듯함에 잠시 고무되기도 한다.

한 조사에 의하면 현대인은 평균 6분 30초마다 스마트폰을 꺼내든다 한다. 그 결과 지난 20년간 대학생들의 공감지수가 40%나 하락했다는 연구결과도 있다. 식사 중에도, 업무 중에도, 대화 중에도, 심지어는 연인끼리 데이트를 하는 중에도 스마트폰을 들여다본다. 밥을 먹는 건지, 업무를 수행하는 건지, 상대방의 얘기를 듣기나 하는 건지 때와 상황을 가리지 않는다. 스마트폰에 코를 처박고 산다. 그러고도 대화가 절대 부족하다고 투정을 부린다. 직장에서 커뮤니케이션이 잘 안 된다고 불평이다. 바야흐로 '군중 속의 고독'이 끝나고 '함께 외로운' 시대가 되었다.

'IT의 성인'이라 일컫는 스티브 잡스(Steeve Jobs, 1955~2011)는 역설적이게도 식구들에게 식탁에서 아이패드와 아이폰의 사용을 금지하고 책과 역사에 관해 토론하였다. 대화는 사람과 사람이 깊이 공감하게 하고, 인간을 인간답게 하는 가장 손쉬운 방편임을 깨달았기 때문이다.

초월주의 철학자이면서 미국 르네상스의 대부라 할 수 있는 소로우(Henry David Thoreau, 1817~1862)의 대표작 『월든 – 숲속의 생활』에는 이런 대목이 있다. "내 집에는 의자가 세 개 있다. 하나는 고독을 위한 것이고, 또 하나는 우정을 위한 것이며, 다른 하나는 사회를 위한 것이다." 진정한 대화의 시작은 자기성찰을 위한 고독에서 시작되고, 성찰을 통해 자신의 참모습을 발견한 후에야 타인과의 대화를 통한 우정이 싹트며, 기업이나 사회 공동체에서의 소통은 이 두 가지 대화가 원활할 때 가능해 짐을 시사한다. 외로움을 참을 수 없는 시대에 깊이 새겨야 할 교훈이 아닐 수 없다.

현대인은 마음으로 아파한다. 할 일이 없어서, 사람이 없어서 외로운 것이 아니라 왠지 모를 외로움이 주위를 감싸 돈다. 산업화 시대에 인류가 경험한 '군중 속의 고독'을 넘어 IT 시대에 우리가 다 함께 겪는 '함께 외로운' 그 외로움 때문에 말이다. 계륵(鷄肋) 같은 문명의 이기(利器)를 버릴 수가 없다면 꼭 필요할 때 외에는 자제하는 용기를 갖자. 심력(心力)을 기르자. 호연지기(浩然之氣)가 필요하다.

‖ 2018. 6. 24.

축구 종족의 간청

'2018 러시아 월드컵'이 한창이다. 우리나라는 조별리그 1차전 스웨덴에 이어 2차전 멕시코에도 패하며 2패로 F조 최하위에 머물러 있다. 그나마 뒤이어 벌어진 같은 조 독일과 스웨덴의 경기에서 독일이 추가시간에 터뜨린 '극장' 결승골로 우리에게 '산소 호흡기'를 달아준 덕분에 실낱같은 희망의 끈을 붙잡게 됐지만 팬들은 화가 났다. 특정 선수에 대한 날 선 비판이 폭포수처럼 쏟아지고 있다. 수비실수를 저지른 장현수 선수와 그의 가족까지 대한민국에서 추방해 달라는 청원이 청와대 국민청원 게시판에 올라오는가 하면 국가대표 퇴출, 사형 주문까지 있어 인신공격이 심각하게 도를 넘고 있다.

생각해보라. 슬라이딩 태클 동작에서 벌린 팔에 공이 맞아 내준 페널티 킥이나 상대의 슈팅 동작에 속아 골을 허용한 것이나 무차별 테러를 당할만한 고의 범죄는 아니다. 물론 그 상황에서 슬라이딩 태클을 했어야 하는지에 대한 기술적인 문제는 전문적인 진단이 필요한 대목이다. 나도 그 판단에 대해서는 아쉽게 생각한다. 하지만 자신의 실수로 골을 허용하고 싶은 선수가 어디 있을까? 더구나 지구촌 최고의 축구제전인 월드컵에 출전한 국가대표 선수가 잘하고 싶은 간절함은 굳이 설명이 필요 없다.

지난겨울 '평창동계올림픽'에서도 이른바 '왕따' 논란을 일으킨 선수의 자격박탈을 요구하는 청와대 국민청원에 60만 명이 동참하는 '숨겨진 테러'가 있었다. 왕따 논란의 가해자로 지목된 김보름 선수는 석 달 동안이나 정신과 치료까지 받아야 했다.

나는 축구가 너무 좋아 틈틈이 축구 서적을 탐독하며 아직도 몸으로 즐기고 있는 회갑을 넘긴 마니아다. 어쩔 수 없는 '축구종족'이다. 나는 축구선수들의 동작 하나하나를 보면 감탄을 금할 수 없으며, 경의를 표한다. 물론 수없는 반복 훈련의 결과지만 아마추어가 도저히 흉내 낼 수 없는 섬세한 동작과 상상을 초월하는 체력이 그저 부러울 따름이다. 축구를 해 본 사람이라면 누구나 경험해 보았겠지만 그게 생각이나 마음처럼 그렇게 쉽게 되는 게 아니다. 이번 월드컵에서도 축구의 신계(神界)에서 왔다는 메시(아르헨티나)와 호날두(포르투갈)가 단지 11m 거리에서, 골키퍼 외에는 아무런 수비저항도 없이, 그것도 정지된 공을 7.32×2.44m의 직사각형 공간에 차 넣는 페널티 킥을 실축하지 않았던가? 그게 축구다.

모든 스포츠가 그러하듯이 프로는 프로대로, 아마추어는 아마추어대로 그 수준에 맞는 실수가 있게 마련이다. 손이 아닌 발로 하는 축구는 특히 실수가 많은 경기다. 그렇다고 모든 실수를 죄다 용서하고, 그대로 넘어가자는 건 결코 아니다. 가끔 축구경기를 관전할 때 관중석에서 경기 중에 발생하는 선수들의 실수에 대한 거친 욕설과 비난을 들을 때면 때로는 한심하다는 생각이 들곤 한다. 심정은 이해가 되지만, (충분히 그럴 만한 상황이었음에도 불구하고) 결과만 갖고 폭언을 해대는 관중은 꼴불견이다. 축구를 제대로 이해하지 못한 문외한이거나 교양이 결핍된 사람임에 틀림없다. 강호(江湖)에 축구의 초절정 고수들이 수두룩하다. 그러나 그들은 축구의 속성을 잘 알고 있기에 선수들의 실수를 함부로 비난하지 않는다.

국가대표 선수가 아무리 공인이고 국가를 대표하는 사람들이지만 그들도 우리와 같은 사람이고, 더구나 살아갈 날이 아득한 젊은이들이 아닌가? 그들도 영원히 축구를 할 수는 없다. 지금 그들에게 가해지는 가혹한 '테러'는 오랫동안 그들의 영혼에 상처로 남아 앞으로의 선수생활과 삶에 엄청난 영향을 미칠 것이다.

바라건대 축구종족들이여, 화가 나더라도 부디 선수에 대한 테러를 멈추어 달라. 직접적인 테러건 숨어서 하는 테러건 그건 너무 가혹하다. 그리고 축구에 대한 몰이해의 발로(發露)다. 도저히 이해가 안 되고 참을 수 없겠거든 지금 당장 조기축구회라도 나가보라. 아마추어지만 맘대로 안 될 거다. 상대가 나를 절대로 가만히 놔두지 않는다. 그 강력한 저항을 뚫고 내가 생각하는 퍼포먼스를 수행해야 한다. 그러다가 자신이 실수하면 뭐라 할 것인가? 동료가 질책을 하거나 누군가가 참을 수 없는 욕설을 해대면 어떻게 할 건가? 어떻게 될 것인가?

축구 전반에 대한 날카로운 비판과 건설적 대안의 제시는 축구발전을 위해서 얼마든지 필요하지만, 특정 선수에 대한 가혹한 비난과 직·간접적 테러는 안 된다. 그건 오로지 인신공격일 뿐이다. 사람을 죽이고, 축구를 죽이는 일이다. 화가 나더라도 그들에게 관용을 베풀자. 비난보다는 격려와 성원이 더 효과적이다. 같은 축구종족으로써 제발 테러를 멈추고 자비를 베풀어 주기를 간절히 바란다.

‖ 2018. 6. 26.

바꿔야 산다

사립유치원 비리, 고등학교 시험지 유출사건, 학령인구 감소로 존폐위기에 처한 데다 취업 학원으로 전락한 대학의 상황 등이 우리 교육 전반의 위기를 말해 주고 있다. 1년 동안 학교를 그만두는 학생이 무려 5만여 명이고, 누적 인원으로는 30만 명에 이른다는 통계자료가 황폐화된 교육현장을 여실히 말해 준다. 더욱 심각한 문제는 몸은 학교에 가 있지만 마음은 콩밭에 가 있는, 학업 포기 상태의 학생이 태반이라는 사실이다. 머리에 쥐가 날 만큼 복잡하고 요란한 입시요강에 그것도 모자라 수험생의 요구를 충족시킨다는 미명하에 점점 더 정교해지는(?) 입시정책에도 불구하고 학생들은 학교 교육과 점점 더 멀어져 가고 있다.

그런 와중에 한편에서는 전혀 다른 판이 벌어지고 있다. 미국 빌보드 앨범차트 1위, 유튜브 5억 클릭을 넘어 전 세계를 강타하며 문화예술계를 뒤흔드는 방탄소년단의 활약상은 딴 세상 얘기 같다. 같은 청소년인데 한쪽은 답답하고 우울한 환경에서 마지못해 '성적'이라는 목표를 초점 없이 바라보며 터덜터덜 따라가고 있고, 다른 한쪽은 일찍이 자신의 재능과 적성을 찾아 공부와는 다른 세계에서 신나게 '놀며' 국위를 선양하고 있어 대조를 보인다.

그렇다고 공부가 무가치하다거나, 노래나 춤이 더 우월하다는 얘기가 절대 아니다. 지금 우리가 소위 학교에서 하는 공부가 행복이나 성공의 절대 지표는 아니라는 사실이다. 이 대목에서 우리는 시쳇말로 '교육, 이대로 좋은가?'를 묻지 않을 수 없다. 학교 교육이 독창성과 창의성, 유연성 등을 요구하는 시대 상황을 전혀 좇아가지 못하고 있을 뿐 아니라 대다수 학생이 교육으로부터 소외되고 있는 현 상황에서 속히 벗어나지 못하면 백년지대계 교육의 결과는 불을 보듯 뻔하다. 사회는 더 빠르게 변화할 것이고, 소외되는 학생은 더 많아져서 교육 자체의 가치마저도 심각하게 훼손될 것이기 때문이다. 바야흐로 교육 패러다임의 대전환이 절실하다.

이제 청소년의 교육을 학교와 교사에게만 일임해서는 안 된다. 가정과 사회가 학교와 하나의 시스템으로써 같은 목표를 가지고 교육에 나서야 한다. 인간의 삶에 가장 기본적이고 핵심적인 역량을 기를 수 있도록 하되 개개인의 꿈과 적성에 맞는 일을 하면서 인생을 신나고 의미 있게 사는 길을 열어주는 교육이 되어야 한다. 이를 위해서는 개인의 특성과 소질, 희망 사항을 면밀히 관찰하고 찾아내어 각자에게 필요한 학습을 스스로 해 나가도록 도와주어야 한다. 이러한 혁신은 학교에만 맡겨두어서는 곤란하다. 가정과 사회가 함께 힘을 모아야 가능하다.

특히 청소년들이 각자 자신의 인생을 스스로 디자인하여 행복한 삶을 살아갈 수 있는 능력을 길러주는 일이 무엇보다도 절실하다. 베이비붐 세대를 뒤이어 한 세대 만에 급격히 출산율이 저하되고, 그로 인해 과잉보호 속에 자라난 세대에게 가장 결핍된 소양은 스스로 삶을 설계하고 환경과 여건을 극복해 나가는 자생력이기 때문이다. 기존의 교과 학습 중심의 교육과정으로는 턱도 없는 일이다.

교육의 방법론도 수정이 필요하다. 정해진 교안을 일방적으로 주입하려는 '교육'에서 학생 스스로가 삶의 총체적 과정을 준비하는 '학습'의 개념으로 바뀌지 않으면 안 된다. 인간이 가장 싫어하는 것 중의 하나가 (콘텐츠에 상관없이) 타인으로부터 일방적으로 강요받는 것이기 때문이다. 이는 자연히 가장 비효율적인 결과를 가져오게 마련이다.

요약컨대 교육 패러다임의 대전환이 필요하다. 전환의 내용은 첫째, 교육 프로그램의 전환이다. 기본적이고 핵심적인 역량을 기르는 내용 이외에는 학생의 개성과 적성, 그리고 꿈에 맞는 세심한 교육과정의 설계가 요청된다. 둘째, 교육의 주체가 학교와 가정, 사회의 통합 시스템으로 전환되어야 한다. 학교와 가정, 사회는 청소년들에 대한 면밀한 관찰과 애정을 바탕으로 교과학습의 성취도가 아니라 자신의 삶을 설계하는 것으로부터 이를 실천하고 책임지는 단계에 이르기까지 전인적 성장의 과정을 지향하는 쪽으로 이들을 지도해 나가야 한다. 셋째, 교육의 방법론도 바뀌어야 한다. 정해진 내용을 '교육'하는 데서 과감히 벗어나 스스로의 삶을 찾아 떠나는 '학습'으로의 전환이 필요하다.

분명 쉽지 않은 일이다. 그러나 선택이 아닌 필수가 된 이 난제를 피해 갈 수는 없다. 시대가 요청하는 일이며, 사회가 요구하는 바다. 교사나 학교 또는 학생이나 학부모, 가정이나 사회 등 어느 특정인이나 특정 조직에 '독박'을 씌우는 우를 범하지 말아야 한다. 독박은 언제나 상대를 적대시하고 책임을 묻는 결과를 가져올 뿐이다. 지금 우리의 교육은 요란하기만 했지 학생, 교사, 학부모 어느 누구도 행복해하지 않는다. 분명히 문제가 있다. 패러다임의 대전환이 절실하다. 바꿔야 산다.

‖ 2018. 10. 31.

「SKY 캐슬」이 남긴 교훈

JTBC 20부작 금·토 드라마 「SKY 캐슬」이 막을 내린 지 한 달이 지났다. 자식을 최고의 명문대학에 입학시키기 위해 온갖 수고와 투자를 서슴지 않는 부유층 부모들의 처절한 욕망을 샅샅이 보여주는 리얼 풍자극으로 非지상파 방송 시청률 1위 기록을 경신한 드라마답게 말도 많고, 사연도 많았다.

'SKY 캐슬'이란 제목부터가 화제였다. '하늘의 성(城)'이라는 문자 그대로 최상위 계층 사람들이 모여 사는 지역에서의 자녀교육에 관한 이야기라고 풀이되기도 하고, 자녀를 우리나라 최상위 명문대(S·K·Y대)에 입학시키는 것을 목표로 하는 사람들의 이야기로 풀이되기도 한다. 아무튼, 드라마 「SKY 캐슬」은 대한민국 최상위 부자들에 관한 이야기다.

드라마 속에서는 자녀의 명문대 입학을 위해 서민들은 상상도 할 수 없는 돈을 들여 온갖 사교육을 시키는가 하면 입시 코디까지 붙여 스펙을 관리하는 웃지 못할 일이 벌어진다. 그 결과 대부분 입학에는 성공하지만 그 과정에서 생기는 부모 자식 간의 팽팽한 신경전과 냉랭한 가정 분위기, 그리고 입학 후의 자녀와의 관계 등은 보는 이로 하여금 오싹한 긴장감마저 들게 한다. 심지어는 자녀와의 관계회복에 실패한 엄마의 자살 장면까지 보여준다.

방송이 종영된 후 시청자들의 소감도 다양하다. 어차피 드라마의 설정이라는 냉담한 견해로부터 우리나라 부유층 사회에서 일어나는 실제상황이라는 견해 등 각양각색이다. 그러나 다소 논리의 비약일 수는 있지만 소수의 부유층 사회에서 벌어지고 있는 실제상황에 별반 다르지 않다. 그걸 방증할 수 있는 사례들은 너무도 많다. 우리나라에서 최고의 명문대로 치는 S대 의과대학의 금년도 신입생 오리엔테이션에 학생 135명, 학부모 190명이 왔단다. 그뿐 아니다. 학생 담당 부학장(요즘은 학장 밑에 직능별 부학장을 두는 경우가 있음)의 하루 일과가 거의 학부모들의 전화를 받는 일이라는 '웃픈' 사실도 있다. 전화 내용도 유치하기 짝이 없다. "학교 구내식당의 음식이 왜 그러냐?", "학교에서 어떻게 가르치기에 우리 애 성적이 그 모양이냐?", "우리 애가 요즘 게임을 많이 하는데 관심을 좀 가져라.", "동아리에서 술을 먹지 못하도록 단속해라." 등이란다.

대학생, 그것도 최고의 의대에 다니는 자녀에 관한 이런 것까지 학교에 요구하는 것은 관심을 넘어 심각한 간섭이고, 자녀와 고등교육에 대한 폭력이다. 인간에게 가장 중요한 가치 하나를 꼽으라면 아마도 자유일 것이다. 인간은 자유를 침해당할 때 가장 비참함을 느끼며, 자유를 쟁취하기 위해 목숨도 주저하지 않는다. 이는 동서고금의 역사를 통하여 얼마든지 찾아볼 수 있다. 어쩌면 인류의 역사는 자유를 쟁취하기 위한 개인 또는 집단의 투쟁과정이라 해도 과언이 아닐 것이다.

몇 년 전 내가 아는 어떤 분에게 직접 들은 얘기도 있다. 우리나라 최고의 과학영재들이 다니는 대학에 강사로 나가는 그분의 얘기도 비슷했다. 학기 말이 되면 학부모 전화를 많이 받는단다. 자녀의 성적을 미리 알려달라는 통에 아주 곤란하다는 것이다. 자녀는 날개를 달고 하늘을 날고 있는데 부모는 유치원에 자녀를 보내놓고 일거수일투족이 걱정되어 견딜 수 없는 모양새다. 이 또한 '웃픈' 현실이 아닐 수 없다. 0.1%에 들어야 갈 수 있는 그 엄청난 곳에 들어간 자녀를 다시 어린아이로 전락시키는 어리석음을 범하고 있는 셈이다.

그런 자녀들은 아무리 좋은 대학에 들어갔어도 등 떠밀려 공부한 학생임에 거의 틀림없다. 지난날의 관성이 조금도 변하지 않은 그의 부모를 볼 때 그렇다. 학원 과외와 부모의 스케줄 관리에 익숙한 그들에게서 자기주도적인 학습의 성과를 기대하기는 어렵다. 실패의 경험 없이 무늬만 모범생으로 살아온 그들이 멀고 험난한 인생의 길을 너끈히 완주하기가 쉽지 않음은 불문가지다.

이제 차분히 우리의 자녀교육을 돌아볼 때가 되었다. 그동안 학벌이 신분상승의 수단이었음은 부인할 수 없다. 그러나 지난날에는 부모가 이렇게까지 올 인을 해 가면서 자녀의 공부를 몰아가지는 않았다. 성공한 대부분의 사람들은 어려운 환경에서 현재의 비천한 신분을 탈피하기 위해 열심히 공부했다. 자기주도 학습에 익숙하여 삶도 주도적으로 개척해 나갈뿐더러 역경이 닥쳐도 거뜬히 헤쳐 나갈 자생력을 갖추었다. 결코, 공부 그 자체를 폄하할 수 없다. 공부도 역경을 극복하는 예고편이 되기 때문이다. 다만 등 떠밀어 하는 공부가 아니라 자기주도적인 공부가 되지 않으면 무의미하다. 「SKY 캐슬」이 우리에게 주는 '뜨거운' 교훈이다.

‖ 2019. 3. 4.

자유, 자유함

나는 기독교인이다. 모태신앙인 나는 어려서부터 "진리를 알지니 진리가 너희를 자유케 하리라."라는 말을 수도 없이 듣고 살아왔다. 어려서는 무슨 뜻인지도 잘 몰랐을뿐더러 이렇게 철학적인(?) 말에 별로 관심이 없었다. 하지만 성장해 가면서 진리가 우리를 자유케 한다는 게 무슨 의미인지 스스로 질문을 하게 되었다. 하지만 진리란 모름지기 '사실에 딱 들어맞는, 보편타당한 참된 이치'이기에 '무엇에도 얽매이지 않고 마음대로 할 수 있는 상태나 행위'를 일컫는 자유와는 상반된 개념이라는 회의(懷疑)를 벗어날 수 없었다.

그러다가 삶의 연륜이 더해가고 경험이 축적되면서 자유에 대한 나름의 정의를 하기에 이르렀다. 내가 생각하는 (적극적 의미에서의) 자유란 '나를 길들이려는 힘과 끊임없이 맞서 싸우는 것'이라는 생각을 하게 되었다. 돈, 권력, 제도, 관습 등 나를 둘러싼 유혹의 요소들인 '힘'을 뿌리침으로써 '자유함'을 얻을 수 있기에 그들과 끊임없이 대결하는 것이 자유요, 자유의 결과로 자유함을 얻게 된다는 나름의 정리를 하게 된 것이다. 물론 대결의 대상인 돈, 권력, 제도, 관습 등은 우리 주변에 늘 존재하면서 인간이 살아가는 데 필요한 것들이지만 죄의 뿌리가 될 수 있기에 이들을 물리치는 것이 '자유'라는 행위요, 그 결과로 '자유함'을 얻는다는 그럴듯한 논리를 정립하게 된 셈이다. 이 논리가 실제로 맞든 맞지 않든 그건 중요하지 않다. 내 나름의 논리이기 때문이다. 남에게 강요하거나 적용할 이유도 없다. 그냥 내가 지키면서 살아가면 된다.

요즘은 문득문득 내가 믿는 기독교에 대해서 많은 생각을 한다. 진리를 깨달아서 자유케 된 우리가 과연 자유함을 누리며 사는가? 오히려 알량한 율법적인 계율을 강조하며, 그걸 온전한 진리로 알고, 독선과 배타로 타인을 화나게 하지는 않는지 고민에 빠진다. 우리는 정작 자유함이 없으면서 잘살고 있는 이웃에게

‘진리’라면서 기독교 교리를 들이대는 오만함은 없는지 성찰해 볼 일이다. 우리의 삶은 늘 여의치가 않아서 살다 보면 분노도 생기고, 두려움이나 조급한 마음도 있다. 그보다 더 근본적으로는 내세에 대한 불안감이 내재해 있다. 그래서 철학자들은 ‘인간은 종교적 동물’이라고 규정하기도 한다. 맞다. 인간은 무언가에 의지하고 싶고, 그래서 신앙을 갖는다.

종교는 속성상 학문적인 검증을 하기는 어렵지만 수많은 종교 가운데 기독교가 몇몇 탁월한 종교에 속한다고들 한다. 그러나 중요한 것은 객관적 평가가 아니라, 현재의 상태다. 기독교의 현재 상태는 여러모로 심각한 위기다. 그중에 가장 문제가 되는 것은 배타성이 아닐까 싶다. ‘오직 예수’가 나쁠 수는 없다. ‘예수 믿고 구원받는다.’는 교리 자체가 문제 될 건 없다. 문제는 다양한 이웃들과 더불어 살아가는 우리의 삶이 문제다. 예수의 영성은 오간데 없고 자신이 규정한 울타리를 쳐놓고 폐쇄성과 배타성으로 무장한 ‘독선’이 문제다. 그러면 ‘오직 예수’라는 구호가 오히려 우상이 된다. 결코 예수를 바르게 믿는다고 보기 어렵다. 예수가 십자가에 달려 피 흘림으로 인간의 죄를 ‘단번에’ 사하시고, 율법을 ‘단번에’ 폐하셨다고 강조하면서 여전히 율법적이고 죄 사함 받지 못한 '측은한' 모습으로 살아간다.

서양에서는 요즈음 SBNR(Spiritual, But Not Religious) 운동이 반향을 불러일으킨다고 한다. 문자 그대로 '영적이지만 종교적이지 않은' 삶을 의미한다. 믿음은 영적인 것이지 종교적인 것이 아니다. 지금 기독교인들은 예수의 영적인 가르침을 종교적인 틀에 가두어 버리는 경향이 짙다. 틀에 가둘수록 믿음이 더 좋다고 부추기는 경향도 있다. 맹목적인 신앙과 틀에 박힌 규범, 배타성과 율법주의에 붙들린 형국이다. 영성은 찾을 수 없고, 종교성만 창궐한다. 알맹이는 날려버리고 껍데기만 붙들고 사는 꼴이다.

작금에 기독교를 부정하는 사람들이 왜 증가하는지를 생각해 볼 일이다. 종교로써의 기독교가 아니라 참된 영성을 추구하는 기독교가 되어야 한다. 참된 영성은 독선적이거나 배타적이지 않으면서 예수의 영성을 닮아가는 일이다. 그 과정에는 수많은 '나를 길들이려는 힘'이 도사리고 있지만 굴복하지 않고 끊임없이 그들과 맞서 싸우는 것이 자유요, 그 결과 우리는 자유함을 얻게 될 것이다.

‖ 2019. 3. 6.

그래야 있어 보인데요

얼마 전에 아파트 출입구에 공사가 진행되고 있었다. 공사 내용으로 보아 차량출입 시스템에 문제가 생겨 수리 중인 걸로 생각했다. 다음날에도 공사가 끝나질 않고 작업 범위가 더 넓어져 있는 걸 보아 수리 정도가 아닌 것 같았다. 작업하시는 분들에게 물어보니 시스템을 교체하는 거란다. 기존의 카드인식 방식을 카메라 촬영 방식으로 바꾼단다.

기존의 우리 아파트 차량출입 시스템은 이랬다. 입주자는 출입카드(차량 인식표)를 발급받아 차량에 부착하고, 출입구에서 카드를 인식하는 센서가 이를 감지하여 차단막대(Barricade Bar)를 개방하는 방식이다. 방문 차량은 경비실 호출버튼을 눌러 방문세대를 알리고 출입을 허락받고 들어오는 방식이다. 그러니까 들어오는 차선 두 개를 두어 하나는 입주 차량, 다른 하나는 방문 차량이 사용하도록 되어 있다. 그런데 입주 차량의 경우 종종 카드인식이 제대로 되지 않아 불편을 느껴왔다. 일시적인 차량정체가 발생하여 꼬리물기가 불가피하고, 이는 위험한 상황을 초래한다. 대로변에서 아파트로 바로 진입하는 구조이므로 차량 서너 대만 꼬리를 물어도 도로를 주행하는 차량과 충돌할 위험이 있다. 이런 상황이 되면 경적을 울려 소음을 유발하기도 하고, 실랑이가 벌어지기도 한다. 가끔은 차단막대가 파손돼 있는 것으로 보아 운전이 미숙한 사람은 부딪히기도 하는 모양이다. 방문 차량의 경우는 호출하는 방식을 제대로 이해하지 못해 당황하며 시간을 지체하는가 하면 경비실 직원이 잠시 자리를 비우는 경우도 있어 불편을 호소한다.

며칠이 지나 깔끔하게 완료된 카메라 시스템을 보고 안도했다. 우리 아파트에도 드디어 합리적인 시스템이 도입되는구나. 그런데 이번에도 예의 그 차단막대가 떡 하니 세워져 있지 않은가? 반가웠던 감정이 확 다운된다. 저건 필요가 없는 건데. 그로부터 또 며칠이 지나자 수시로 관리실 방송이 나온다. 입주자 차량등록을 하란다. 뒤이어서 차량 스티커를 수령하란다. 거기까진 좋다. 이번엔 '방문차량 관리 앱(어플리케이션) 설치 및 가입방법 안내문'을 우편함에 배부해 놓았으니 읽어보고 그대로 실행하란다. 헐! 안내문을 읽어보니 내용인즉슨 먼저 앱 프로그램을 다운받은 다음, 고객등록을 하고, 그다음에 방문예약 등록을 하란다. 이게 왜 필요하며, 과연 실행 가능할까? 아니, 방문자가 아파트 한 번 출입하려고 앱을 다운받고 고객등록을 한 다음 방문예약 등록을 해야 한다고? 평소 시스템에 지대한 관심이 있는 나는 이 대목에서 열이 오른다. 스스로에게 물어본다. 나 이상한 거 아니지?

차량 스티커를 받으러 관리사무실에 들렀다. 스티커를 받으면서 평소 수고에 대한 감사인사를 하고, 이번에 교체된 차량출입 시스템에 관해 앞서 내 생각을 얘기하고 실무자들 생각은 어떤지 물어보았다. "그러게 말이에요. 우리도 업무가 너무 많아져서 힘들어 죽겠어요. 그렇게까지 안 해도 되는데….", "그런데도 왜 이렇게 된 건가요?" 돌아온 대답이 충격적이다. "그래야 있어 보인데요." 있어 보인다…. 아뿔싸! 하기야 실은 내 그럴 줄 알았다. 이미 짐작하고 있었다. 상식적으로 이해가 안 되는 일은 상식 밖의 또 다른 이유가 있기 마련이다. 차량출입시스템 교체에 관하여 입주자들에게 직접 물어본 적이 없으니 공식적인 의사결정기구(가령, 입주자대표회의)가 결정했을 것으로 짐작된다.

자, 흥분을 가라앉히고 차분히 정리해 보자. 중요한 것은 입주 차량이든 방문 차량이든 어차피 모든 차량은 결국 진입한다. 어떤 사유로 진입 자체가 제한되는 경우는 본 적이 없다. 그렇다면 출입을 제한하는 복잡한 시스템을 적용할 필요가 없는 것이다. 물론 방범상의 이유나 장기 불법주차 등의 문제가 있는 걸 모르는 바 아니다. 이는 입주자 차량등록과 카메라 설치만으로 해결할 수 있는 아주 간단한 해법이다. 왜냐하면, 경비실 직원들이 매일 수시로 주차장을 순회하며 차량을 체크하고 있고, 문제가 발생하면 카메라 출입기록을 확인하면 되기 때문이다.

내가 생각하는 아파트 차량관리 시스템은 이렇다. 가장 간단한 방법은 입주 차량 등록만 하고, 일체의 출입제한을 하지 않는 것이다. 지은 지 오래된 아파트들은 대개 그렇다. 이렇게 해도 별문제가 없는 이유는 요즘 주차장을 비롯한 아파트 구석구석에 CCTV(폐쇄회로TV)가 설치되어 있어 24시간 감시하고 있으며, 문제가 발생하면 CCTV를 통해 문제의 장면을 찾아낼 수 있기 때문이다. 문제는 항상 발생하는 게 아니다. 정말 어쩌다 생기는 문제 때문에 상시적인 불편과 커다란 위험을 감수하는 것은 합당하지 않다. 여기에는 최소한의 차량관리 이유뿐만 아니라 인류 사회학적 태도가 내포되어 있다.

이 정도로 불안을 느낀다면 다음 단계로 차량진입 카메라를 설치하는 것이다. 그러면 아파트를 출입하는 모든 차량의 차적(車籍)을 확인할 수 있어 이중으로 보안을 확보하게 될 것이다. 내가 생각하는 차량출입 시스템은 여기까지다. 이것으로 족하다. 요컨대 이번에 설치된 차단막대와 방문 차량 예약시스템은 불필요한 것이다. 별것 아닌 것 같지만 결코 그렇지 않다. 앞에서 언급했듯이 차단막대 때문에 생기는 불편과 위험은 만만찮다. 방문 차량 예약시스템은 매우 번거로울뿐더러 실행 불가능에 가까운 생각이다. 아파트 방문 한번 하자고 복잡한 컴퓨터 프로그램(앱)을 설치하고, 예약을 한 다음 이용할 사람이 과연 있을 것인가 심히 의아하다.

일을 하다 보면 잘 안 되는 경우도 있다. 완벽하게 이상적이지 않은 경우도 있다. 하지만 현대의 보편적 주거공간이 되어버린 아파트의 대부분 차량출입 시스템은 숨이 막힐 지경이다. 미로(迷路)와 복잡한 통과의례를 거쳐야 한다. 고급 아파트일수록, 최근에 지은 것일수록 복잡도(Complexity)는 증가한다. 입주자 보호와 방범을 위해서라지만 분명 지나치다. 다시 한 번 강조하지만 아무리 복잡한 절차를 거쳐도 '어차피' 들어가게 돼 있다. 사람이 집을 찾아가는데 이렇게 복잡해서야 되겠는가? 그러면서도 우리는 점점 인간미가 사라져 간다고 안타까워한다. 그래서 '인류 사회학적 태도'를 언급하는 것이다.

다시 관리실 직원과의 대화로 돌아가 보자. 차량출입 시스템이 불필요하게 복잡한 이유가 다름 아닌 '있어' 보이기 위해서라니. 기가 차고 어이가 없지 않은가? 이건 무차별 명품 중독보다 훨씬 더 지탄받을 일이다. 명품은 패션의 개념이 포함된 소비재지만, 기계는 기능이 우선시되는 생산재이기 때문이다. 그 생산재를 설치하는데 '있어' 보이려고 군더더기를 덧붙이다니. 4차 산업혁명이니 인공지능이니 하는 첨단과학이 이미 우리 삶 속에 깊숙이 들어와서 첨단 현대인으로 살 것을 은연중에 웅변하고 있는데 아직도 체면 타령이라니. 체면의 틈새로 부동산 거품이 끼고, 포퓰리즘이 비집고 들어와 독버섯처럼 자라날 것이다. '있어 보인다.'라는 말이 뇌리를 맴돈다. 낭비다, 문명의 퇴보다. ‖ 2020. 5. 22.

신용사회를 기다리며 3

코로나 팬데믹이 지속되면서 마스크는 어느새 생활필수품이 되었다. 팬데믹 초기에 마스크 대란이 일어나더니 마스크 생산이 급증해 이제는 충분한 물량을 생산, 확보하게 되었다. 바야흐로 다양한 성능과 디자인을 앞세워 마스크도 패션기로 접어드는 양상이다. 밖에 나가보면 정말 다양한 마스크들을 볼 수 있다. 얼핏 보아 성능은 정확하게 알 수 없지만 재질도, 디자인도 각양각색이다. 천편일률적인 마스크에 싫증이 났다는 증거다. 물론 성능도 각기 다를 것이다. 수요-공급의 법칙에 따른 당연한 결과다.

날씨가 추워지면서 종이로 된 마스크보다는 자연스레 천으로 된 마스크를 선호하게 되었다. 그런데 천 마스크를 끼면 금세 수

증기가 생겨 젖게 되고 안경 유리가 뿌옇게 되어 시야에 방해가 된다. 하지만 일단 갖고 있는 마스크를 소진할 요량으로 참고 사용하던 차에 우연히 인터넷 쇼핑몰에서 멋진 마스크를 발견하게 되었다. 수만 종류의 마스크가 업로드되어 있었는데 그중에 멋진 축구마스크가 눈길을 사로잡는다. 축구 마니아이기도 하지만 소위 '축신'이라 불리는 선수와 세계를 대표하는 빅클럽의 로고가 들어간 근사한 세트 제품이다. 가격을 보니 세 개 묶음에 16,000원이다. 이 가격에 이렇게 멋진 마스크 세 개를 획득할 수 있다니 이게 웬 횡재인가? 필터 기능에서 일단 '무료배송'을 선택하고 바로 주문했더니 즉각 5,000원이 추가된다. 자세히 살펴보니 해외 구매제품이라 배송료가 붙은 것이다. 무료배송을 선택했는데 배송료가 추가된 게 마음에 거슬렸지만 너무 멋진 축구마스크 석 장을 얻을 기대에 그냥 두었다.

며칠 후 택배가 도착했다. 설레는 마음으로 개봉을 하고는 뜨악하고 말았다. 일단 석 장이 아닌 한 장이라는 사실에 화가 났고, 사진에 업로드된 세 개의 모델 중 그 어느 것도 아닌 엉뚱한 거라 어이가 없었다. 게다가 품질도 형편없다. 나는 인터넷쇼핑으로 주문하여 받은 제품이 정확하게 내가 원하던 것이 아니어도 가급적 교환을 요청하거나 클레임을 걸지 않는 편이다. 스스로 좀 더 신중했어야 했다는 자책을 하고는 정 나에게 맞지 않으면 필요한 주변 사람들에게 양도하는 편이다. 내가 주문하는 제품이라는 게 고가의 명품이 아니라 대부분 생활필수품 정도이기에 그렇고, 사후처리에 시간과 정력을 낭비하고 싶지 않아서다. 또 (다소 외람되게 들릴지 모르지만) 소상공인들과 택배 기사들에게 조금이라도 손해를 끼치고 싶지 않아서 그렇다. 화가 나고 기대를 저버린 판매업체가 괘씸했지만, 해외구매 제품이어서 복잡한 절차와 시간적 낭비, 그리고 스트레스를 피하고 싶어서 이번에도 포기하고 말았다.

실은 얼마 전에도 코로나 팬데믹 상황에서 '홈트'를 열심히 할 요량으로 노란색 줄무늬가 있는 8kg짜리 주황색 케틀벨을 주문했는데 검은색 4kg 제품이 배달됐다. 도저히 이해가 되지 않아 판매처 휴대전화 번호로 아무리 전화를 해도 아예 받지를 않는다. 하는 수 없이 문자를 남겼더니 계속되는 동문서답에 얼마나 스트레스를 받았는지 모른다. 그런데 (요구도 하지 않았는데) 뜬금없이 다시 보낸 제품을 보고 나는 경악하고 말았다. 또 다시 똑같은 검은색 4kg 제품이 문 앞에 와 있는 게 아닌가? 반품하려고 재포장을 해서 내놓았지만, 반품도 해 가지 않고 연락도 없다. 아무짝에 쓸모없는 예의 그 검은색 4kg 케틀벨 두 개는 아직도 우리 집 한편에 방치되어 있다. 이건 거의 사기 수준이다. 화를 억누를 길이 없다. (나는 원하던 8kg 케틀벨을 다른 판매처에 다시 주문해서 열심히 사용하고 있다.)

그러나 더디지만 세상은 서서히 조금씩 발전해 간다는 나만의 믿음을 가지고 글을 쓴다. 똑같은 제목의 세 번째 글이다. 이런 글을 쓰는 건 사실 마뜩잖다. 오래 전에 쓴 글들이지만 기억컨대 첫 번째 글은 정찰판매에 대한 아쉬움과 소망을 담은 글이었고, 두 번째 글은 우리 각자가 언행에 책임을 지고 약속을 지켜야 한다는 글이었다. 이런 글을 계속 쓴다는 게 자신의 삶에 적잖은 부담과 장애가 될 수 있음을 알지만, 함께 노력해 나가야 한다는 책임감을 견지하기 위해서 꼭 써야 한다고 생각한다. 판매처에 직접 어필하는 대신 세상을 조금씩 개선해 나갈 마중물이 된다는 신념으로 꼭 써야겠다.

세상이 많이 발전해 집에서 몇 번의 화면 터치로 물건을 주문하는 꿈같은 세상이 되었지만 이로 인한 피해 또한 빈번하게 발생하고 있다. 현란한 이미지 구현기술과 온라인이라는 가상의 공간에서 이루어지는 유통이라는 점을 이용한 얄팍한 상술이 기승을 부리고 있다. 맘만 먹으면 얼마든지 고객을 속일 수 있는 조건이 마련되어 있다. 이럴 때 우리 사회의 수준이 판가름 나는 것이다. 욕심을 제어하면서 이윤이 적더라도 정직한 상거래가 이루어지는 사회는 선진(先進)한 사회다. 그렇지 않고 얄팍한 수법으로 상대를 속이면서 자신의 이윤만을 추구하는 사회는 아직 선진 사회라 할 수 없다. 쇼핑몰에 제시한 물건과 실제 물건이 정확히 일치하고, 제시한 조건과 결과가 정확하게 일치하며, 제시된 가격과 실제 가격이 정확하게 일치하는 신용거래가 간절할 뿐이다. 이건 전혀 어려운 일이 아니다. 이미지상의 제품과 실제 제품의 색상의 차이나 브랜드별 치수의 약간의 차이는 충분히 이해할 수 있다. 하지만 얼토당토않은 상황이 벌어지면 그야말로 황당하다.

신용(信用)의 사전적 의미는 "사람이나 사물이 틀림없다고 믿어 의심치 않음."이라고 되어 있다. 매우 엄격한 정의처럼 보이지만 너무나 당연하고 쉬운 이치다. 그런데 이게 무너지는 게 문제다. 거기에는 무엇보다 사람의 욕심이 개입되기 때문이다. 결국은 개인의 욕심이 모여 사회를 망가뜨리는 자양분이 되는 것이다. "욕심이 잉태한즉 죄를 낳고, 죄가 장성한즉 사망을 낳는다."라는 진리를 우리는 유념해야 한다. 신용사회는 아직도 요원한 것인가? 약속과 결과, 이름과 실상, 명분과 실제가 합치되는 '명실상부한' 신용사회의 도래를 또다시 기다린다. 간절히 소망한다.

‖ 2020. 12. 16.

생계와 질서 사이

사거리에서 신호대기를 하고 있는데 노란색 구청 조끼를 입은 할머니가 전신주에 붙어있는 광고전단을 힘겹게 떼어내고 있다. 한눈에 보아도 노인 일자리 사업으로 구청에서 시행하는 일임을 단번에 알 수 있다. 국가의 수준이 높아지면서 남아도는 노인 일자리 창출의 일환으로 다양한 사업들을 시행 중임은 주지의 사실이다.

할머니가 자리를 떠나기 무섭게 한 청년이 오토바이를 타고 쏜살같이 나타나더니 숙달된 동작으로 광고 전단을 붙이고는 휑하니 사라진다. 짐작컨대 어떤 업소의 용역을 받은 아르바이트생이거나 아니면 젊은 사업주가 직접 다니면서 광고전단을 부착하는 중이다. 할머니가 제거한 전단지와 청년이 부착한 전단지가 같은 전단지인지는 확인할 수 없었지만 짧은 시간에 극적으로 대비되는 두 장면을 목도하는 것은 우연치고는 기막힌 광경이다. 많은 사람이 각자의 영역에서 얼키설키 살아가는 사회에 대한 많은 생각이 오버랩되는 순간이다.

전자는 많은 사람이 더불어 사는 사회의 질서를 위함이요, 후자는 질서에 앞서 긴박한 생계의 문제가 달려있는 일이다. 이를 두고 누가 옳고 그름을 논할 것인가? 어떤 일은 꼭 필요하고 어떤 일은 덜 필요하다고 단정할 수 있겠는가? 둘 다 가치 있는 일이기에 시비를 가릴 수도 없을뿐더러 꼭 필요한 일이기에 중요성을 논하기도 어려운 문제다. 물론 입장에 따라 경중을 가릴 수는 있겠지만 일률적으로 판단을 내릴 수는 없다.

생활환경이 좋아지고 의료기술이 발달하여 우리나라는 어느새 고령사회(만 65세 이상 인구가 전체 인구의 14% 이상인 사회, 우리나라는 2018년에 이미 도달)가 되었다. 과학기술의 발전과 그에 따른 산업의 급속한 재편으로 고령층의 일자리는 줄어들어 직업 세계에서 밀려난, 아직은 일할 만한 노인들의 생계와 복지를 위해 정부는 노인 일자리를 서둘러 마련하였다. 그 일환으로 건널목 교통 도우미, 학교 안전지킴이, 거리 쓰레기 줍기, 환경미화, 잡초제거, 카페 바리스타, 분식점 운영 등 다양한 분야에서 노인들이 활동하고 있다. 보기에 따라서 가끔은 수당을 지급하기 위해 억지로 불필요한 일을 만들어 형식적으로 하고 있다는 느낌이 들지만, 차츰 정리될 것으로 기대한다.

한편, 이미 사회문제로 대두된 청년들의 취업난과 코로나-19 팬데믹으로 인한 세계 경제의 불황으로 일자리를 찾지 못한 청년들은 아르바이트라도 구해 생계를 유지하려 안간힘을 쓰고 있는 형국이다. 언제라도 가능했던 아르바이트마저도 구하기 힘든 상황이라는 얘기가 여기저기서 들려온다. 취업난은 결혼과 출산의 부담으로 이어져 비혼자(非婚者)가 급속히 증가하고 있으며, OECD 국가 중 압도적인 최저출산율을 기록하고 있다.

한 곳에서 벌어지는 두 가지 상반된 일을 보면서 갑자기 온갖 핑계와 궤변을 늘어놓으며 불법과 편법을 밥 먹듯이 저지르고 그로부터 이득을 취하는 힘 있는 사람들에 비하면 이들의 행위가 훨씬 선하고 순수하다는 생각이 든다. '88만 원 세대'니 '영끌'이니 하는 젊은이들의 극단적 푸념에 전적으로 동의하지는 않는다 해도 편법이든 불법이든 동원할 수 있는 모든 것을 총망라하여 부와 권력을 축적해 나가는 가히 '싹끌'에는 아드레날린이 과다 분비된다. 'ㅁㅁ찬스' 'ㅁㅁ찬스'를 이용하여 너무도 쉽게 이득을 취하는 이들도 수두룩하다. 할머니의 힘겨운 전단 제거작업과 청년의 쏜살같은 전단 부착 작업이 번갈아가며 계속 눈앞에 어른거린다.

‖ 2021. 3. 5.

너나 잘하세요

지난 7일 한국 축구의 빛나는 별 중의 하나인 유상철 선수(이하 유상철)가 췌장암으로 유명을 달리했다. K리그와 일본 J리그를 오가며 최전방 공격수부터 최후방 수비수까지 포지션을 가리지 않고 활약한 멀티플레이어였다. 1998년 '울산 현대 FC'에서는 수비수에서 공격수로 전환하여 K리그 득점왕을 차지함으로써 그의 다재다능함을 확인시켜 주었다. 2002 한·일 월드컵 첫 경기 폴란드전에서는 승부에 쐐기를 박는 시원한 추가골을 터뜨림으로써 월드컵 본선에서 첫 승을 거두며 마침내 기적 같은 4강 신화를 이루는 교두보를 마련하였다.

2006년 3월 현역에서 은퇴한 후 춘천기계공고, 대전 시티즌, 울산대학교, 전남 드래곤즈를 거쳐 2019년 5월에는 '인천 유나이티드(IUFC)'의 지휘봉을 잡으면서 IUFC와의 특별한 동행이 시작되었다. 객관적으로 전력이 약한 IUFC의 1부 리그 잔류와 2부 리그 강등 사이에서 피를 말리는 승부를 펼치던 중 그해 11월 췌장암 4기 판정을 받고 말았다. 그는 주변의 만류에도 불구하고 시즌 마지막 경기까지 벤치를 지키며 선수단을 이끌고 극적으로 팀을 잔류시키는 집념을 보여주었다. 짧은 기간이지만 그가 보여준 투혼과 책임감은 팬들에게 뜨거운 감동을 주기에 충분했다. 급기야 감독직을 사임한 후 거듭되는 항암치료를 꿋꿋이 견뎌내고 상태가 호전되어 팬들과 약속한 감독복귀를 시도하였으나 끝내 무산되었고, 이후 예능과 다큐멘터리에 출연하면서 축구 팬들과 소통을 이어갔다.

차츰 병세가 호전되어 완치에 대한 실낱같은 희망을 이어가기도 하였으나 갑자기 악화되어 다시 일어나지 못하고 우리 곁을 떠나갔다. 한국 축구의 손실이자 전 국민의 슬픔이다. 코로나-19 시국이지만 각계의 조문이 이어지고, 전 국민은 애도하였다. 운동장에서 땀을 흘리며 희로애락을 함께 했던 선수들은 물론 원로 축구인들까지 그의 죽음을 안타까워하며 슬픔을 감추지 못했다. 특히 전 국민을 가슴 뛰게 했던 2002월드컵 동료들은 번갈아 빈소를 지키며 끝까지 그와의 작별을 안타까워했다. 그런데 박지성(현, 전북 현대 FC 어드바이저)이 보이지 않았다. 누군가 SNS를 통해 그의 부재를 지적하며 의리와 도리를 운운하기 시작하더니 급속도로 퍼져나가기 시작했다. 일부 악플러들은 경주마처럼 달려들어 댓글을 달기 시작했다. 각종 SNS에서 전파되는 그에 대한 악플이 도를 넘었다. 마침내 박지성의 아내 김민지(SBS 전 아나운서)가 나섰다. 그녀는 오늘 자신이 운영하는 유튜브 채널 '김민지의 만두랑'을 통해 "제발 이상한 소리 좀 하지 말라."며 일갈하였다.

"이런 일이 저에게 처음은 아닙니다. 예전부터 그런 글들을 보내는 분들이 많이 있었습니다. 남편의 노력을, 성실을, 친분을, 슬픔을, 한 인간의 삶을 취재해 중계하고 증명하라는 메시지들이요. 그중에는 본인이 접한 부분적인 기사나 인증샷이 세상의 전부라고 인식하고 있는 유아기적 자기중심적 사고에서 기인한 황당한 요구가 대부분이라 응답할 필요를 느끼지 못했습니다. 그래서 별다른 대답을 내놓지 않았습니다. 그리고 그것은 앞으로도 변하지 않을 것입니다. 아무리 저한테 바라셔도 어쩔 수 없습니다. 유감이지만 저는 인증을 위한 사진을 찍어 전시하는 것을 좋아하지 않습니다.

그리고 본질적으로 남편이 어떤 활동을 하든 혹은 하지 않든 법적, 도의적, 윤리적 문제가 없는 개인의 영역을 누군지도 모르는 그분들에게 보고해야 할 이유가 저에게나 남편에게 도무지 없습니다. 그리고 그러한 '○○○에게 진실을 요구합니다.'라는 돌림노래 역시 그저 대상을 바꾸어 반복되는 폭력이라는 것을 알기 때문에 장단을 맞출 마음이 들지 않습니다.

세상엔, 한 인간의 삶 속엔 기사로 나오고 SNS에 올라오는 일 말고도 많은 일이 일어나고 있습니다. 당연한 일입니다. 당연한 일을 당연하게 여기시길 바랍니다. 슬픔을 증명하라고요? 조의를 기사로 내서 인증하라고요? 조화의 인증샷을 찍으라고요? 도대체 어떤 세상에서 살고 계신 겁니까? 제발 이상한 소리 좀 하지 마세요.

덧붙여 이 일로 '김민지의 만두랑' 구독자분들이 느끼실 피로감에 대해 사과합니다. 채널 주인으로서 무척 송구하고 죄송합니다. 채널과 관련 없는 글은 운영자가 삭제합니다. 이 글도 곧 삭제하겠습니다."

사나운 표현을 쓰지 않으면서도 악플러들을 따끔하게 훈계하는 멋진 글이다. 아나운서답다. 사실 박지성은 지금 영국에 가 있다. 당연히 유상철의 죽음을 알고 있을 거고 슬픔에 잠겨 있을 거다.

하지만 우리 모두가 주지하듯이 지금의 상황이 어떤가? 코로나 시국에 입·출국 자체도 자유롭지 못할뿐더러 입국하더라도 2주간 자가 격리를 해야 하는 상황이 아니던가? 슬픔에 대한 표현방법을 고심하고 있거나 아니면 가족을 비롯한 측근들과 이미 논의해 실행에 옮겼을 수도 있다. 이런 사연을 아는지 모르는지 악플러들은 빈소에 나타나지 않은 박지성을 인신공격하고 있다. 피나는 노력으로 한국을 대표하는 프리미어리거로 성공한 그를 싸잡아 공격하는 모양새다. 심지어는 노력과 성실의 아이콘이었던 그의 인성을 믿을 수 없다고, 유상철과의 친분과 그의 죽음에 대한 슬픔을 증명해 보이라고 한다. 한 인간의 삶을 실시간으로 중계하고, 이를 증명하라는 거다. 기가 막힌다.

한국인에게 박지성이 누구인가? 그는 한국인 최초의 프리미어리거로 당시 세계 최고의 구단 가치를 평가받던 명문구단 '맨체스터유나이티드 FC'에 입단하여 꾸준히 눈부신 활약을 하며 엄청난 성과를 거둔 선수다. 한국의 축구 팬들은 밤새워 그의 경기를 지켜보며 희열을 느꼈다. 행복해하며 꿈을 꾸었다. 열성 축구 팬이 아니어도 박지성을 모르는 국민이 없을 정도였다. 그는 애국자요, 개척자요, 스타였으며, 당대 최고의 셀럽이었다. 그는 축구만 잘하는 게 아니라 인성도 최고여서 모든 감독들이 좋아하고, 예의 바르며, 성실하게 노력하는 선수라고 입에 침이 마르도록 추켜세웠다. 연예인이나 스포츠인들에게 필연적으로 기생하는 '안티'도 거의 없었다. 그는 은퇴 후에도 한국 축구의 발전을 위해서 사재를 털어 헌신하고 있으며, 다양한 축구 관련 활동을 통하여 국위를 선양하고 있는 스포츠 외교관이다.

그런 그가 은퇴를 하고 대중의 뇌리에서 조금씩 잊혀 가던 차에 유상철의 죽음을 맞았다. 그런데 일부 네티즌들은 그의 빈소에 보이지 않는 박지성에 대해 조문도 하지 않고, 조화도 안 보내고, 슬픔을 표하는 어떤 인증샷도 SNS에 없다는 간단한 사실만 확인한 채 그를 저격하기 시작했다. 사실 박지성에 비하면 유상철에 대해서는 2002 월드컵 이후 그다지 주목하지 않았던 네티즌들이 갑자기 그의 열혈 팬이 된 양 극성을 부리는 꼴불견이 연출된 셈이다. 자기가 마치 유상철 자신이나 가족이라도 되는 듯이 '피해자 코스프레'를 하고 있다. 축구 팬으로서, 한국인으로서 유상철이 소중하면 박지성도 소중하지 않은가? 유상철의 죽음을 안타까워한다면 박지성의 삶도 존중해야 하는 것 아닌가? 우리의 축구 영웅 둘을 대척점에 놓고 한쪽을 향해 무차별적인 악플을 선사하면 어쩌란 말인가?

좋다. 선택은 자유라 치자. 백번 양보해도 용납할 수 없는 일은 정확한 사실 확인도 없이 SNS상에서 특정인을 일방적으로 난도질하는 것이다. 이건 누가 부여한, 무슨 권한인가? 밥 먹고 할 일이 그렇게도 없나? 나면서부터 이성을 선물로 받은 우리는 우리가 하는 언행에 대해 끊임없이 생각해야 한다. 숙고하고 또 숙고해야 한다. 나는 생산자인가? 내가 하는 언행은 유형의 재화든 무형의 가치든 인류사회에 유익을 끼치는 것이어야 한다. 심지어는 비판도 때로는 생산적인 그 무엇이 된다. 인정한다. 그 비판으로 인해 우리 사회가 조금이라도 반성하고 발전하는 계기가 된다면.

박지성의 아내가 비판 글을 올리기 전 나도 아주 이상하게 생각했다. 한편으론 참 대단하다는(?) 생각을 했다. 얼마나 한가하고 할 일이 없으면 남이 조문하는 것까지 추적해서 비판할 수 있나? 무심코 던진 돌멩이에 개구리는 속절없이 죽어간다. 물이 점점 뜨거워지는 냄비 속의 개구리는 서서히 죽어간다. 말도 행동도 조변석개(朝變夕改)하는 냄비 기질까지 더해지면 고통의 속도와 강도는 배가된다. 그간 억울함을 견디지 못하고 우리 곁을 떠난 수많은 연예인들과 스포츠 스타들을 보지 않았는가? 아무도 부여하지 않은 권한으로 시도 때도 없이, 뚜렷한 근거도 없이, 사실 확인도 제대로 안 하고 무차별 폭력을 가하는 익명의 그라운드가 무섭기만 하다. 갑자기 드는 생각, 그런 댓글을 다는 이들은 뭘 하며 하루하루를 지낼까? 그들의 삶은 얼마나 인간적이며, 인류에 어떻게 기여하고 있는가? 이때 가장 어울리는 말이 있다. "너나 잘하세요!" 한국 축구의 영웅, 멀티플레이의 전형, 유상철의 명복을 빈다.

‖ 2021. 6. 9.

記

추억거리

내 파일에는 오래된 기록들이 더러 남아있다.
그것들로 추억을 더듬어보는 일도 새삼스럽고 의미가 있다.
흰머리가 가져다준 또 다른 선물이다.

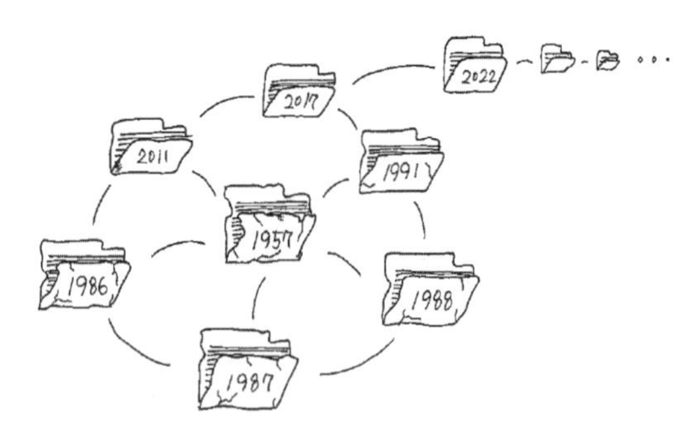

그리운 선생님께

삼라만상이 봄소식을 전하는 화창한 날입니다. 댁내가 고루 편하며, 건강은 어떠신지 궁금하옵니다. 늘 마음만 그리로 가 있고 움직이지 못하는 게으른 제자를 용서해 주십시오.

돌아보면 서둘러 살아온 삶의 시간들이 실수와 후회의 연속이었음을 부인할 수가 없습니다. 좀 더 차분히, 더욱 완전하게, 그리고 더욱 성실하게 살지 못한 지난날들이 선생님을 그리는 날에는 더욱 심장에 고동쳐 옵니다. 과오는 인지상정이라지만 너무도 많은 과오의 반복이었음을 차라리 도약의 전기로 삼으렵니다. 아내를 만나 이룩한 삶의 보금자리를 깊이 감사하며, 소망 가운데 살면서 어두운 곳에 빛을 비추는 자세로 살아가고자 노력하고 있습니다.

선생님, 오늘은 왜 이리도 선생님이 그리운지요? 날이 갈수록 선생님의 교훈과 편달이 와 닿음을 깨닫고는 각성하며 고마움을 새깁니다. 보내주신 『믿음의 명시』를 음미하며 묵상하고 있습니다. 믿음대로 살려고 애쓰고 있습니다.

난생 처음 교단에 섰습니다. 두렵고 떨리는 마음으로 끊임없이 자신을 조망하며 바르고 깨끗한 그냥 '선생'의 모습으로 살겠습니다. ○○대학에서 『품질관리』와 『실험계획법』 강의를 맡았습니다. 열과 성을 다해 제가 공부하고 축적한 것들을 후학들에게 다 쏟아붓고 싶습니다.

지난 연말에 고향에서 가져온 대추가 때를 기다리고 있습니다. 이번에는 도(道) 품평대회에서 1등을 하여 중앙에 출품되었다더군요. 조부로부터 좋은 선물을 물려받은 셈이지요. 직접 들고 찾아뵙는다는 것이 해를 넘기고 말았습니다. 오히려 건조가 더 잘 되어 가고 있다고 자위하렵니다. 제 아내도 교직에 있는 터라 휴일이 되면 고향 대추를 들고 선생님을 뵈러 가겠습니다. 나날이 행복하고 복된 날 맞으시길 소망하며 이만 줄입니다. 선생님의 건강을 기도하며 늘 평안하시길 빕니다. ‖ 1986. 3. 11. 제자 올림

*결혼과 동시에 대학에 출강하게 되었다. 나를 각별히 아끼고 격려해 주시던 스승님께 쓴 편지다. 건강이 좋지 못해 고생하시던 선생님은 결혼식에 참석하는 대신 시집을 선물로 보내주셨다. 선생님 건강에 대추가 좋다는 얘기를 듣고 고향에서 추수한 토종대추 중 가장 좋은 것을 골라 보내드리곤 하였다. 스승과 시집, 제자와 대추의 정겨움이 지금도 아련하다. 오래된 편지를 읽으며 고인이 되신 선생님을 다시 그린다.

기도문

어두운 세상에 빛으로 오신 주님, 어두운 세상을 밝히러 오신 주님, 나의 어두운 맘속에 들어오셔서 나의 어두운 맘 밝혀 주소서. 죄악된 세상에 빛으로 오신 주님, 죄악된 세상을 깨끗케 하러 오신 주님, 나의 더러운 맘속에 들어오셔서 나의 더러운 맘 씻어 주소서.

아침에 불러보는 당신의 이름은 다함이 없는 경외이옵니다. 그 경외로운 이름을 부를 수 있는 은혜는 웬일이옵니까? 주여, 이 시간 주님께 간절히 구하옵기는 하나님의 은총 속에 내가 살고 있음을 알게 하옵소서. 결코 교만하거나 비굴한 자가 되지 않게 하옵소서. 지식보다는 지혜를, 교훈보다는 모범을, 말보다는 삶 속의 실천으로 가르침을 끝까지 지켜가게 하옵소서. 게으른 자에게 생기를, 방황하는 자에게 안정을, 배움의 즐거움을 가르침으로 몸소 보여주도록 도와주옵소서. 분명한 사표(師表)를 보여주면서도 부드러움을 잊지 않게 하옵소서. 결코 소리 나는 구리와 울리는 꽹과리가 되지 않도록 지켜 주옵소서.

우리가 이 동산에 머무는 동안 공동체 의식을 배우게 하시고, 제 몫을 찾기보다는 제 몫 하기를 즐겨 하는 성숙한 민주시민으로 양육시켜 주옵소서. 특별히 분별의 지혜를 허락하사 지성과 감성을 잘 사용하게 하옵소서. 정의·자유·봉사의 진정한 의미를 터득하여 존재의 이유와 삶의 목표를 분명하게 설정하는 대학인이 되게 하옵소서. 적어도 소유가 인생의 목표는 되지 않도록 강한 팔로 저희를 붙들어 주소서.

우리 대학의 모든 구성원들이 여호와를 경외하는 것이 지혜의 근본 됨을 알게 하시고, 주님의 인도하심을 거부하지 않게 하시며, 날마다 진리로 거룩 되게 하옵소서. 주 예수님의 이름으로 기도하옵나이다. 아멘.

‖ 1991년(교내 방송기도문)

*기독교 정신으로 설립된 대학에 근무하면서 교수들이 번갈아가

며 학교방송국에서 송출하는 아침 기도문을 직접 낭송하던 때가 있었다. 캠퍼스 곳곳에 설치되어 있는 스피커를 통하여 대학의 모든 구성원들이 기도문을 들으며 하루를 여는 의미가 있었다. 교회에서 하는 기도보다는 더 객관적이고 보편적이어야 한다고 생각했다. 기도문에 나의 간절한 소원이 담겨 있다.

우리는 무엇을 하고 있는가

늦가을 비바람이 거세게 몰아치는 오늘 밤, 착잡함과 아쉬움이 교차하는 무거운 심정으로 스터디 그룹 '아카데미아'의 해체를 선언한다. 지난 1993년 3월 대학인의 기본적인 교양과 지식, 가치관 등 지성인의 소양과 자세를 확립하고 이를 견지(堅持)하여 인간의 가치를 높이려는 원대한 포부와 기대를 갖고 나의 애정과 정열을 담아 출범한 '아카데미아'는 2년 8개월 만에 닻을 내리게 되었다.

해체를 선언하기까지 방황과 갈등, 그리고 계속되는 고민은 무척이나 나를 괴롭혔으며, 자신의 무능력과 우리들의 한계를 절감케 하는 시간이었다. 너무도 진한 고독을 나에게 안겨준 힘겨운 시간이었다. 우리가 스스로 선택한 '아카데미아'에 열정을 쏟아붓지 못하면서 그동안 우리는 무엇을 해 왔으며, 현실을 도피하여 지금 무엇을 하고 있는가? 그동안 우리는 이렇게 지내왔음을 인정하지 않을 수 없다.

첫째, 인간관계의 기본이 되는 약속을 밥 먹듯이 어겼다. 시간의 약속, 과제의 약속, 자신과의 약속, 말과 글 또는 행동에 대한 약속을 너무도 쉽게 저버렸으며, 결과에 대한 최소한의 해명도 하지 않았다. 이는 다음 단계의 그 무엇도 보장할 수 없었으며, 불신의 출발이 되었다.

둘째, 서로에 대한 존중과 애정, 그리고 예절의 결핍을 수없이 겪어야만 했다. 어떤 조직에서도 서로에 대한 존중과 애정, 그리고 구성원으로서 지켜야 할 예절은 견실한 조직을 지탱해주는 기둥이 아니던가?

셋째, 수동적이고 소극적이며 노력하지 않는 자세는 개인의 활동과 역할, 나아가서 '아카데미아' 전체의 발목을 붙들어 맨 결정적 원인이었다. 대학은 철저히 개인플레이를 하는 곳이다. 민주주의도 어떤 면에서는 개인주의를 지향하고 있다. 그러나 개인의 역할이 충실할 때 전체가 풍요로워지는 법이다. 우리는 오늘 자신의 나태함과 의타심을 밤새도록 통탄해야 한다.

넷째, 우리는 서로에 대한 처음의 애정과 관심이 질투와 불신으로 변해 갔음을 인정해야 한다. 이것도 사실은 개인의 역할을 충실히 하지 못하는 데서 오는 당연한 결과다. 제 할 일은 하지 않으면서 남의 잘못과 결점을 지적하는 데만 집요하지 않았는지 반성해야 한다.

다섯째, 우리는 서로를 위해, 그리고 '아카데미아'를 위해 자기를 포기할 줄도 모르고 희생도 양보도 하지 않으면서 알량한 자존심과 성숙하지 못한 인격의 손상만을 내세웠다. 대학은 성숙한 민주시민이 되기 위한 수련의 장(場)이다. 수련의 중요한 내용은 공동체 의식이다. 남을 존중하고 양보하고 협동하는 것은 민주사회의 기본질서가 아니던가? 그러나 이것도 개인의 역할을 충실히 수행할 때만 가능하며, 그 가치가 있음은 물론이다.

여섯째, 우리는 책임을 남의 탓으로 돌리는 이기주의의 선봉이었다. 무엇이 우리를 그토록 이기적인 존재로 만들었는가? 그것 또한 근본적으로는 촌보(寸步)의 노력도 하지 않으려는 각자의 나태함에 기인한다. 내가 하는 일이 없을 때 우리는 남에게 쓸데없는 신경을 쓰고 눈치를 보게 된다. 그 결과 묘한 논리를 만들어

문제의 책임을 남에게 전가하는 악순환이 반복되는 것이다.

나는 오늘 밤 잠을 이룰 수가 없다. 초라한 나의 모습과 무능력, 식어버린 차가운 가슴, 녹이 끼어 멈춰버릴 것만 같은 띵한 머리로 도저히 잠이 오지 않는다. 그 어떠한 노력도 하지 않으려는 우리의 나태함과 자기의 책임을 다하지 않고서도 책임감을 통탄하지 못하는 뻔뻔함, 안타까움과 서글픔으로 얼룩진 심기(心氣)가 몹시도 사나운 밤이다. 대학에 몸담은 후 처음으로 느끼는 슬픔 같은 것이 나를 강하게 억누르고 있다.

그러나 이 순간 어느 누구도 원망하거나 미워하지 않기로 했다. 오늘 우리의 현실은 어떤 한 개인의 문제 때문이 아니고 우리 모두의 책임이기 때문이다. 또한, 이것은 나의 개인감정일 수도 없으며 특정인에 대한 일갈(一喝)도 아니다. 그동안 수고한 회장과 총무, 그리고 힘든 요구를 참아내느라 고생한 여러분들에게 고마움과 미안함을 전한다. 우리를 둘러씌웠던 또 하나의 굴레를 벗어나서 우리는 지금 무엇을 하고 있는가? 무엇을 할 것인가?

‖ 1995. 11. 13. '아카데미아' 지도교수 최동순

* 의욕이 왕성하던 젊은 교수 시절 지적 호기심이 있는 학생들을 모아 스터디그룹을 결성하였다. 주·야간 강의와 수많은 업무, 그리고 서울로 박사 과정 대학원을 다니느라 정신이 없었지만, 학구열과 지적 호기심이 있는 학생들을 외면할 수는 없었다. 매주 토요일 전공과 교양을 번갈아가면서 발표와 토론으로 흥미진진하게 진행되는 모임에 한창 신이 났다. 당시 자택이 멀리 있던 나는 스터디그룹 모임을 위해 금요일 밤 연구실 소파에서 쪽잠을 자며 토요일 아침이 오기를 기다렸다.

학생들이 지적으로, 인격적으로 성장할 수만 있다면 돈도, 시간도, 그 어떤 고생도 전혀 아깝지 않았다. 하지만 시간이 지날수록 차츰 출석률이 저조해지더니 학생들 간에 불협화음이 들려오는가 하면 주어진 과제를 준비해오지 못하는 일이 다반사가 되었다. 다양한 방법으로 조치를 취하고 대안을 마련해 보았지만, 도저히 지속할 수 없는 지경임을 판단하고 급기야 스터디그룹의 해체를 선언하기에 이르렀다. 그날의 슬픔이 아직도 생생하다. 그래도 아련한 추억으로 남아 있다.

훈병 ○○에게

금방이라도 대지를 뚫고 뭔가가 치솟아 오를 것만 같은 봄 기운이 느껴진다. 하지만 마지막 몸부림으로 다가온 꽃샘추위도 만만찮구나. 어제는 한낮에 눈이 쏟아져 적이 새삼스러웠다. 입대할 때 못 보고 가서 못내 아쉬웠는데 건강하게 군무에 충실하고 있다니 다행이구나.

은은한 매력을 간직한 ○○아, 지난번 편지 받고 바로 답장 주지 못해 미안하다. 그것은 네가 언제 훈련을 마치고 자대로 배치될지 알 수 없어서였다. 마침 엊그제 △△이에게 물어보니 17일에 퇴소한다기에 답장을 쓰려던 참이다. 그런데 그새 두 번째 편지가 당도했구나.

그래 군 생활은 어떠니? 편지 내용으로 봐서는 그런대로 잘 적응하고 있는 것 같구나. 구속된 자유와 항변할 수 없는 분위기, 계속되는 훈련 등 이 모든 것들은 그동안의 남자를 이제 또 다른 남자, 군인으로 만들어가는 과정이 아닐까? 내가 군에 있을 때도 그랬고, 지금도 그런 생각이 든다. 사람은 한 번쯤 자신을 완벽하게 부정하고 타의에 의해 살아볼 필요도 있지 않을까? 하지만 그건 참으로 힘든 일이어서 자원해서 하기는 어려운 법이고 얼떨결에, 본의 아니게 맞닥뜨려 보는 수밖에 없지. 아무튼, 좋은 수양의 기회라 생각하고 값진 인생 공부가 되었으면 한다. 현역으로 조국을 위해 봉사한다는 자긍심으로 열심히 하면 유익이 될 거다. 무엇보다도 규칙과 질서를 몸에 익혀 절도 있는 생활태도를 갖추도록 노력해라. 무슨 자격으로 하는 건지 자꾸 너한테 명령어가 나오려고 하는구나. 미안하다.

○○아, 참 궁금한 게 있다. △△이 하고는 잘 사귀고 있는 거지? 대학 시절에는 건실한 이성 교제를 해보는 것도 중요한 일이다. 부디 너희들의 관계가 건전하고 지속적으로 진행되어 아름다운 결실을 맺었으면 좋겠다. 괜한 걸 물어보는 건 아닌지 모를 일이다. 그래도 엄청 궁금해서 그렇다.

하루가 저물고 캠퍼스에 어둠이 내려앉고 있다. 강의 들어가기 전에 너를 생각하며 이 글을 쓴다. 창문 밖으로 낮게 깔린 산자락이 더없이 아늑해 보이는구나. 오늘도 배움의 열정을 안고 등교하는 너의 동료, 후배들과 난 또 행복한 이 밤을 보내련다. 건강하게 훈련 잘 마치고 자대에 가서도 늠름하고 책임감이 강한 군인이 되어다오. 건투를 빈다. 사랑해! ‖ 2000. 3. 9.(목) 저녁 최동순

*재학 중 군에 입대한 학생에게 보낸 편지다. 참한 여학생과 한창 교제 중이었던 터라 군 생활이 쉽지 않았을 거란 생각에 적잖이 걱정을 하곤 했다.

우매자의 다짐

C 교수님, 누구나 가야 하는 정해진 길이지만 아직도 강건하신 선친의 당당하심이 눈에 밟히는 건 웬일인지 모르겠습니다. 불과 3년 전 저희 집에 계실 때만 해도 새벽기도 마치고 운동을 나가시던 그 모습이 이생의 이별을 믿기 어렵게 하는군요. 청년 같은 목소리로 찬송을 부르시던 그 모습이 떠올라 가슴을 미어지게 합니다.

그러나 이 모두가 예정된 길이기에 저희는 기꺼이 아버님을 보내드려야만 했습니다. 인생이 흙에서 왔다 흙으로 돌아가는 당연한 진리를 저는 그동안 알고만 있었을 뿐 가슴 저미게 느끼지는 못했습니다. 역시 슬픔은 인간을 성숙하게 하는 몽학 선생인가 봅니다. 이번 아버님의 상사를 치르면서 많은 것을 느끼고 교훈을 얻었습니다. 효의 본질이 무엇인지, 구체적인 효의 행위는 어떠해야 하는지, 또한 더불어 산다는 건 무엇을 뜻하는지, 삶의 자세는 어떠해야 하는지 절실히 느끼고 깨달았습니다. 지금까지 공부하고 터득한 지식 속에 포함되어 있지 않은 많은 가르침이 아버님의 죽음 속에 깃들어 있었습니다. 주변의 은혜를 너무도 많이 입었습니다. 깨달음의 실천과 보은을 위해서라도 성실하고 진지하게 살아야겠다고 다짐해 봅니다.

그곳 베미지에서 보내주신 위로의 메시지는 저에게 큰 힘과 용기를 주었습니다. 변함없이 베푸시는 사랑과 격려를 확인하며 고개 숙여 감사를 드립니다. 얼마 남지 않은 그곳 생활이 사모님과 온 가족에게 앞날을 위해 새로운 에너지를 공급받는 소중한 자산이 되기를 기도드립니다. 날마다 승리하시길 빕니다.

‖ 2001. 4. 25. 애고자 최동순 올림

*2001년 향년 87세를 일기로 소천하신 아버님 소식을 미국에 연수차 나가 계신 선배 교수님이 듣고 메일을 보내왔다. 그에 대한 답장이다. 엄청 먼 고향에서 치른 장례임에도 불구하고 학교에서 교직원과 제자들이 거의 다 올라와 위로해 주었다. 살아오면서 이

토록 마음의 큰 빚을 졌다는 생각을 하기는 처음이다. 인간은 즐거운 잔치보다는 슬픈 일을 통해서 더 큰 교훈을 얻고 성숙해진다는 진리를 터득하는 순간이었다. 우매자의 마음은 혼인집에 있고, 지혜자의 마음은 초상집에 있다!

고독에 몸부림친다

때아닌 봄비가 그리도 세차게 내리더니 청천벽력 같은 부음(訃音)이 날아드는구나. 도저히 믿을 수가 없어 너에 관한 기억을 더듬어 또 한 번 소스라친다. 아무리 생각해도 그럴 수 없는 너, 왜 그랬어? 왜 그렇게 서둘러 가야 했니?

○○야, 고독했나 보구나. 견디기 힘들 만큼 고독했나 보구나. 고독의 이유는 알 수가 없지만 엄청나게 고독했나 보구나. 얼마 전 강의시간에도 그런 얘기를 나눈 적이 있지 않았니? 인간은 원래 고독하다고. 삶의 밑바닥에는 고독이 짙게 깔려 있는 거라고. 이 세상 그 누구도 고독하지 않은 사람은 없다고. 그래서 우리는 고독을 안고 살아야 한다고. 고독은 삶을 깊이 있게 하는 묘약이 되

기도 한다고. 피할 수 없으면 즐기는 지혜가 우리에게 필요하다고. 고독하지 않다고 말하는 사람은 거짓말쟁이이거나 생각이 없는 사람이라고.

지난주에는 한 졸업생 얘기를 하며 고통의 극한상황에서도 사업과 학문을 게을리하지 않는 그를 칭송하지 않았었니. 너의 사정을 정확하게 파악하지는 못했지만 난 네가 신나는 대학생활을 하고 있다고 생각했다. 대학생활이 너무 재미있고 행복하다고 복도에서 하던 말이 나까지 행복하게 했었는데. ○○야, 우릴 이토록 슬프게 하고 꼭 가야만 하는 거니?

도서관에 들를 때면 반갑게 맞아주던 너, 예쁜 실눈으로 미소 짓던 차분한 너의 모습, 이젠 영영 볼 수가 없는 거니? 강의실 앞자리를 예약이라도 한 듯 차지하고 앉아 진지한 자세로 강의를 듣던 너, 우리 모두는 간절히 너를 그리고 있어. ○○야, 우리가 보이니? △△오빠, △△이 언니, △△이 오빠, 학과장님, 우리 모두 널 바라보고 있어. 너는 고독에 몸부림쳤겠지만, 우린 널 보내기 싫어 몸부림치고 있어. 우린 너를 보내고 또 고독에 몸부림쳐야 하는 거니? 그 고독이 얼마나 짙고 오래 갈지 소름이 돋는다.

○○야, 저만치 사라지며 미소 짓는 널 이젠 붙잡을 수가 없구

나. 슬픔도 고통도 없는 하늘나라에서 고독일랑 잊어버리고, 이생에서 지친 영혼 위로받고, 평안을 누려라. 가끔 우리를 만나면 그 평안을 나누어주렴. 이 땅에서 후배인 네가 하늘나라에선 선배가 되는구나. 조용한 빗줄기가 갈 길을 재촉하는구나. 우리는 만날 때 헤어짐을 이미 약속하지 않았던가? 잘 가라. 행복해야 돼. 꼭 행복해야 돼. 다함이 없는 하늘나라에서. ‖ 2006. 5.

* 5월이 되면 미스터리를 남기고 세상과 작별한 제자가 생각난다. 대학생활에 만족해하며, 도서관에서 근로학생으로 일하며, 야간에 학업에 정진하던 막내 ○○는 어버이날과 스승의 날을 앞두고 우리 곁을 떠났다. 허겁지겁 영안실을 다녀와 연구실에서 써 놓았던 글이다. 오월이 되면 잔인했던 그해 오월이 생각난다.

애국도 삶이다

1979년 강원도에서 맞은 겨울의 군 생활은 30년이 넘는 기억인데도 또렷하다. 당시 소대에서는 그래도 꽤 똘똘한 놈이 소대장 당번으로 명을 받았기에 선택받은 자의 자부심도 있었다. 당번은 소대장의 식사, 빨래, 다림질, 훈련 준비 등 뒷바라지를 하느라 간간이 구보나 작업 같은 걸 열외하는 특혜를 받기도 했다. 마음씨 좋은 소대장님을 만나 큰 마음고생 없이 많은 걸 배울 수 있었지만, 그와는 별개로 가끔 알량한 자존심이 작동했다. "아들을 낳으면 사병으로는 군에 안 보낸다. 반드시 장교로 보내야겠다." 그 후 상병 때 파견지에서 (그것도 겨울에) 또다시 중대장의 당번을 하는 묘한 운명으로 장교는 내게 한없이 부러운 존재가 되었다. 그 기간이다 합쳐봐야 5~6개월 남짓 되었을 텐데도 말이다.

아들아, 유수 같은 세월은 어느새 30년을 집어삼키고 이제 너를 군에 보내야 한다. 다행인 것은 나의 30년 전 소망이 이루어진 것이다. 나의 완곡한 요청을 접수한 것인지, 너의 의지가 가져온 결과인지는 정확하게 알 수 없지만 어쨌든 너는 이제 장교로 임관을 하고 입대를 한다. 모질게 자라지 않아 여린 네가 걱정스럽기도 하지만 솔직히 가슴이 벅차오른다. 장교복을 입은 너의 모습이 더없이 늠름해 보인다.

너에 대해 하나하나 생각해 본다. 체력, 충분히 준비되어 있다고 본다. 피차 인정하는바, 축구가 그 밑바탕에 있다. 종합 체력을 기르는 축구를 우리가 얼마나 해 댔던가? 너도 잘 인지하고 있듯이 내가 네게 한 일 중 자랑스런 몇 가지가 있지만 그중에서도 최고의 성공작을 꼽으라면 축구를 손수 가르친 일이다. 축구 외에도 운동을 일상화하고 있는 우리의 생활이 체력을 준비하는 데 크게 도움이 되었을 것이다.

정신력, 다소는 문제가 있다고 본다. 인간은 환경의 지배를 받는 존재인지라 고생을 하지 않은 인간이 정신적으로 강해지기란 여간 독하지 않고는 쉽지 않다. 그러나 힘들고 어려운 환경을 만

나면 금세 적응하는 게 인간이기에 크게 걱정하지 않는다. 더구나 내 피가 네 안에 흐르고 있다면 더욱 그럴 것이다.

영혼, 그건 내가 잘 알 수 없다. 영혼은 신앙과도 밀접한 관계가 있다. 대충 짐작은 하지만 단언하기는 어렵다. 너만이 아는 아주 비밀스런 부분이다. 그러나 너의 증조할아버지와 할아버지의 선구자적 신앙과 헌신적인 삶을 기억하기 바란다. 그리고 네가 아는 엄마와 아버지의 영혼의 장점이 있다면 그것도 늘 기억하기 바란다. 사람은 누구도 완전할 수 없기에 홀로 완벽해질 수는 없다. 다른 사람의 존경할만한 부분을 모델로 삼아 그 방향으로 노력하는 수밖에 없다. 그렇다고 너만의 독창성을 포기하라는 건 절대 아니다. 그리고 언제나 하나님을 의지하라. 나도 군에서 견디기 힘든 고통과 해결하기 어려운 상황을 겪을 때마다 뭔가가 나를 꽉 붙잡고 있어서 이상하리만치 그 고비를 타고 넘어간다는 묘한 경험을 하곤 했다. 그러기에 믿음은 보지 못하는 것들의 증거라 하는가 보다.

'내 인생은 나의 것'이라는 우리 가족의 신조가 너에게도 각인되어 있으리라고 나는 믿는다. 설렘과 약간의 두려움을 안고 입대하는 너에게 줄 수 있는 게 없다. 내가 생각하는 정신적인 가치를 주문하는 수밖에 다른 어떤 것도 너에게 유용하지 않을 것이다. 그러기에 (부연설명 없이) 다음의 가치들을 너에게 주문하마. 이는 내가 너에게 주는 선물인 동시에 숙제다. 너의 성공적인 군 생활과 미래를 위한 자양분이 될 것이다.

1. 부지런하라
2. 자신감을 가져라
3. 솔선수범하라
4. 남을 배려하라
5. 매사에 뜨거운 관심을 가져라.
6. 늘 장교로서의 명예와 가문의 명예를 생각하라.

흔히들 말한다. 군 생활은 어쩔 수 없이 거쳐야 하는 시집살이라고. 그러나 내 경험으로는 그렇지 않다. 군 생활도 삶의 한 부분이다. 더구나 대한민국 남자에게 있어서 군 생활이 갖는 의미는 너도 잘 알고 있을 것이다. 요컨대 그것이 '시집살이'가 아닌 '애국'으로 승화될 때 비로소 애국도 삶의 한 조각이 되는 것이다. 나도 그 당시 몸이 심히 고달프고 자존심이 무너질 때 부모 형제와 조국을 생각하며 애국에 대해 수없이 생각했다. 그리고 전역 후 사회생활에서 그때 얻은 경험과 이력이 큰 힘을 발휘하고 있음을 체험하게 되었다. 결국, 타의에 의해서 했던 '애국'이 내 삶의 일부가 된 것이다.

> 두려워하지 말라. 내가 너와 함께함이라. 놀라지 말라. 나는 네 하나님이 됨이라. 내가 너를 굳세게 하리라. 참으로 너를 도와주리라. 참으로 나의 의로운 오른손으로 너를 붙들리라(이사야 41:10).

입대하는 나에게 네 할머니가 이 말씀을 내게 주셨다. 가슴이 뭉클하면서 뭔지 모를 든든함이 확 다가왔던 기억이 생생하다. 군 생활 중 어렵고 힘들 때 이 말씀이 내게 얼마나 위로와 평안을 주었는지 모른다. 할머니가 내게 그랬듯이 나도 오늘 너에게 이 말씀을 전해준다. 항상 가슴에 품고 전역하는 그날까지 위로를 삼기 바란다. 네가 군 복무 하는 중에 내 마음도 늘 너와 함께 할 것을 약속한다. 승호야, 나는 네가 자랑스럽다. 나는 너를 믿는다. 성공적인 너의 군 생활을 믿는다. 사랑해! ‖ 2010. 3. 1. 아버지가

*ROTC 장교로 임관하여 입대하는 아들에게 써준 편지다. 군문(軍門)에 들어가는 아들에게 뭘 줘야 할지 딱히 떠오르지 않았다. 아들이 전역한 후 어느 날 우연히 그 편지를 발견하곤 가슴이 뭉클했다. 물에 젖었다 마르기를 여러 번 한 흔적과 모서리가 닳아 있는 게 그 편지를 소중히 간직하고 있었다는 방증이었다. 아마 생각날 때마다 여러 번 읽어보았을 거라는 생각이 든다. 아닌 척해도 부모의 마음을 이해하고 사랑을 느끼는 자녀의 심중을 이해하는 기쁨의 순간이었다.

감사: 추억과 아픔 사이에서

"야, 너 이리 와 봐!", "네! 장정 최동순.", "야~, 요놈 깡다구 있게 생겼네. 너 운동 좀 하지?", "아닙니다. 못 합니다.", "어쭈, 이 ××봐라. 벌써 요령 생겼네. 네 눈에 써 있어 인마!", "잔소리 말고 뒤에 타."

찍소리 못하고 검은 베레모를 쓴 중사의 자전거 뒤에 올라탔다. 가슴이 마구 방망이질 친다. 비가 그친 연병장은 온통 누런 진흙탕이다. 미끌미끌 간신히 연병장을 빠져나왔지만, 자전거는 여전히 중심을 잡지 못하고 연신 미끄러진다. 입소대 정문을 나서려는 순간 그만 크게 미끄러진 자전거에서 자연스럽게 분리된 나는 냅다 내달리기 시작했다. "야 이 ××야, 안 서? 너 잡히면 죽어!" 하지만 기왕에 마음먹은 거 멈추면 죽는다는 생각에 뒤도 안 돌아보고 뛰었다.

그러잖아도 미끄러운 데다 뒤축을 꺾어 신은 헌 구두 때문에 빨리 달릴 수가 없다. 신발을 벗어 내버리고는 막사 건물을 요리조리 돌아 도망치는데 뒤 따라 오는 중사의 기세가 살인적이다. 그러나 도망치는 자의 간절함이 더했던지 간신히 그를 따돌리고 숨어 들어간 어느 막사, 아직도 위험은 끝나지 않았다. 마침 아무도 없었다. 순간 생각나는 것이 침상 밑이었다. 망설임 없이 기어들어간 순간은 그야말로 찰나였다. 심장은 터질 것 같고, 땀은 비 오듯이 쏟아진다. 가까스로 진정하고 숨을 죽이는데 시간이 너무 길게만 느껴졌다.

꽤 오랫동안 그렇게 숨어 있었지만 이제는 내가 소속된 내무반을 찾아가야 한다. 뭔가 잘못 꼬인 일들로 인한 알 수 없는 군대체제로부터의 두려움이 엄습해온다. 우여곡절 끝에 우리 내무반을 찾아 문을 열고 들어갔다. 나를 본 박○○ 하사 "야, 이 ×××야, 어디 갔다 이제 나타나는 거야?" 그 소리에 어찌나 살기(殺氣)가 서려 있는지 순간 죽음의 공포 같은 것이 느껴졌다. 그리고는 기억하기도 싫은 혹독한 대가를 치르고야 내 군대생활의 첫날이 끝났다. 딱 하루가 지나간 것이다.

스토리의 내막은 이렇다. 그 당시 논산훈련소에 입대하여 입소식을 마치면 그 자리에서 공수특전사에서 온 간부들이 소위 '차출'이라는 걸 했다. 특전사의 험난한 훈련을 잘 이겨낼 것 같은 장정들을 눈으로 골라낸 다음 그들만의 테스트(?)를 해 보고 직접 데려가는 방식이다. 그리고 선발된 이들은 장기 직업 하사관(지금의 부사관)이 되는 것이다. 나처럼 대학을 다니다가 온 사람이 특전사 장기 하사관으로 차출되면 대학을 포기해야 할 판이다. 그때 나와 함께 입대한 인원이 1,350명이었던 걸로 기억하는데 12명을 그들이 지명했다. 대부분 키가 크고 덩치가 있는 친구들이었다. 테스트해 보더니 "에이! 쓸 만한 놈이 하나도 없구먼. 오늘은 글렀어!" 하고 돌아가던 나이가 지긋한 중사가 입소식을 막 마치고 돌아서는 나를 지목하면서부터 일어난 사건이다. 말하자면 꿩 대신 닭을 택하려던 심산이렸다.

생각만 해도 끔찍한 특전사 차출로부터 구사일생한 나는 그곳에서 열흘을 대기하며 머물렀다(훈련은 그 후 강원도의 모 사단 신병교육대에서 8주간 받았다. 당시 모든 장병들은 훈련 기간도 4주밖에 안 되고,

시설도 더 좋은 논산훈련소에서 훈련받기를 원했다.). 논산훈련소, 훈련도 안 받고 잠시 머물렀던 곳이지만 그곳은 내 생애에 잊을 수 없는 곳이다.

군대에 대한 아무런 정보도 없이 눈 딱 감고 입대한 순진한 촌놈에게 막연한 두려움과 외로움이 엄습해 왔다. 입소대의 기간병들은 기회 있을 때마다 "국방부 밥은 절대로 공짜가 없다."라며 우릴 괴롭힐 묘안을 찾고 있었다. 주로 작업을 했던 걸로 기억이 나지만 때로는 기간병들이 해야 할 허드렛일을 하기도 했다. 그렇게라도 공짜 밥을 먹이지 않겠다는 그들의 의지가 가상하기까지 했다.

하지만 이건 시작에 불과할 뿐 이 짓을 끝내려면 까마득하다. 갑자기 집 생각이 난다. 학교생활이 그리워진다. 친구 생각이 난다. 그러다가 나도 모르게 "주님~, 힘이 듭니다. 외롭습니다. 두려움이 밀려옵니다. 어떻게 해야 합니까? 도와주세요." 한적한 곳을 찾아 두 손을 모은다. 저절로 간절한 기도가 나온다. 몸은 피곤한데 어떤 날은 잠이 오질 않는다. 앞으로의 군 생활에 대한 막연한 두려움, 우리 장정들에겐 그게 가장 큰 걱정이었다.

30년이 넘어 오늘 그곳에 다시 왔다. '대한예수교장로회(통합) 평북노회' 100주년 기념사업으로 낡고 불편한 논산훈련소 입소대교회를 개축하여 완공감사예배를 드리기 위해서다. 말이 개축이지 경과보고를 들어보니 거의 새로 지은 거나 다름없다. 전국에서 수많은 성도들이 참석하였지만, 나에게는 남다른 감회가 밀려온다. 기쁜 순간이지만 가슴이 뭉클하고, 감사의 시간이지만 눈물이 난다. 1979년 5월 어느 날, 그리고 그 후의 열흘이 주마등처럼 스쳐간다. 희미하게 지워진 기억을 간신히 살려내 보기도 하고, 애쓰다가 포기하기도 하며 추억과 아픔 사이에서 감사예배를 드린다. 옆자리에 앉은 분들과는 아마 사뭇 다른 감정이었을 것이다. 마음속 깊이 감사가 절로 인다.

평소에 교회의 사명에 대한 생각이 많다. 그러면서 개신교의 물량주의를 조심스레 경계하고 있다. 그것이 우리 인간의 한계이기 때문이다. 어느 특정인의 문제가 아니라 우리 모두의 한계이다. 대부분의 교회들이 재정이 풍족해지면 제일 먼저 교회를 새로 짓고, 교회 버스를 구입하고, 각종 인원을 채용하고 나서, (여유가 있으면 그제야) 선교와 구제를 하거나 청소년 문화 사업을 하는 식이다. 나름의 이유와 의미는 있다. 부인하지 않는다. 하지만 그것이 결코 교회의 본질일 수는 없다.

나는 생각한다. 굳이 대형교회의 필요성을 인정한다면 작은 교회들이 할 수 없는 크고 의미 있는 일을 해야 한다고. 그런데 작금의 현상을 보면 대형교회들이 큰일은 더러 하지만 의미 있는 일을 한다고 하기에는 평가가 인색할 수밖에 없다. 의미 있는 일을 하기보다는 거대한 조직 속에 자리 잡은 권력과 그로부터 파생되는 비리로 사회의 지탄을 받기 일쑤다. 그런 측면에서 이번 평북노회의 입소대교회 개축사업은 가뭄에 단비같이 기쁜 소식이다. 노회가 정말 의미 있는 일을 했다. 대형교회들이 몇백 억을 들여 수십 개의 교회를 짓는 것보다 더 소중한 일이리라. 이 땅의 젊은이들이 군에 막 입대하여(예전의 나처럼) 앞으로 닥쳐올 군대생활에 대한 막연한 두려움으로 힘들어할 때 주님을 의지하며 예배드리는 입소대 교회를 개축한 일은 정말로 잘한 일이다. 참 감사한 일이다. 노회 집행부가 그런 지혜로운 결정을 하고 실천한 일에 박수를 보내며 감사드린다.

나는 간절히 기원한다. 입소대교회가 갓 입대한 장정들이 미래에 대한 두려움으로 힘들고 불안할 때 주님을 전적으로 신뢰하며 기도하는 하나님의 전(殿)이 되게 해 달라고. 자아가 희미해져 세상의 노래 가사가 잊혀지고 군가가 친숙해질 즈음 그곳에서 주님을 맘껏 찬양하게 해 달라고. 그곳에서 새 힘을 얻어 조국의 당당한 간성(干城)이 되게 해 달라고. 그리하여 마침내 주님을 의지하는 그 믿음이 그들의 평생을 지켜주는 든든한 기둥이 되게 해 달라고. 2011년 7월 1일은 32년 전 나의 추억과 아픔 사이에서 새로운 감동을 경험한 감사의 날이었다. ∥ 2011. 7. 1.

*나이가 들면 추억을 먹고 산다. 그 추억이 유쾌한 것이든, 슬픈 것이든 본능적으로 지난 일을 추억하려고 한다. 대한민국의 남자들에게 군 생활에 대한 추억은 그 무엇보다도 강렬하다. 입소하던 날 경험했던 나만의 비밀스런 사건이 32년이 지나 우연히 맞은 감사한 날에 추억과 아픔으로 다가왔다.

나는 흰머리가 좋다

펴 낸 날 2022년 11월 11일

지 은 이 최동순
펴 낸 이 이기성
편집팀장 이윤숙
기획편집 이지희, 윤가영, 서해주
장페이지 디자인(삽화) 장신혜
책임마케팅 강보현, 김성욱
펴 낸 곳 도서출판 생각나눔
출판등록 제 2018-000288호
주 소 서울 마포구 잔다리로7안길 22, 태성빌딩 3층
전 화 02-325-5100
팩 스 02-325-5101
홈페이지 www.생각나눔.kr
이 메 일 bookmain@think-book.com

• 책값은 표지 뒷면에 표기되어 있습니다.
ISBN 979-11-7048-465-3(03810)